LA PETITE CHARTREUSE

PIERRE PÉJU

LA PETITE CHARTREUSE

roman

ÉDITIONS FRANCE LOISIRS

Édition du Club France Loisirs,
avec l'autorisation des Éditions Gallimard.

Éditions France Loisirs
123, boulevard de Grenelle, Paris
www.franceloisirs.com

ISBN : 2-7441-6812-2

I

L'enfant renversé

Cinq heures du soir. Il sera exactement cinq heures du soir sous la pluie froide de novembre, quand la camionnette du libraire Vollard (Étienne), lancée à vive allure sur l'avenue, heurtera de plein fouet une petite fille qui se précipite soudain sous ses roues.

Membres frêles, chair pâle et douce sous l'anorak et les collants rouges, la fillette court droit devant elle. Brouillard des larmes, panique d'enfant perdu et, à la dernière seconde, ce regard terrifié sous la frange brune. Surgi de nulle part, le petit corps est soulevé par la violence du choc. Il roule sur le capot, front fracassé contre le pare-brise, et Vollard croit entendre le bruit des os qui craquent dans le hurlement des freins. À cinq heures du soir, dans le grondement et les stridences des machines, il y a cet enfant fauché en plein vol, cogné, roulé, puis propulsé loin en arrière, le cartable arraché, un soulier perdu.

Sur l'asphalte trempé, autour d'un corps de poupée désarticulé une flaque rouge sombre commence à s'élargir et de minces filets sanglants serpentent entre les pneus des voitures brutalement immobilisées sous la pluie de novembre.

Il sera cinq heures du soir, mais pour l'instant l'accident n'a pas encore eu lieu. Pas même fatal, cet accident, puisque rien n'est écrit nulle part, la vie seulement criblée de hasards de dernière minute, ces petits riens décisifs qui défient présages et prévisions et se rient de nos attentes.

À quatre heures et demie, dans chaque quartier de chaque ville, les enfants sortent des écoles primaires. Ils appellent cet instant « l'heure des mamans ». Entre les façades des longues rues grises, encore plongées dans la torpeur quelques minutes plus tôt, monte une rumeur très gaie, trouée d'appels enfantins. Les écoles s'ouvrent comme des coquilles et sous les carapaces en toile criblées de pluie, le troupeau maternel accueille tous ces petits aux ailes étroites et trop lourdes qui s'entrechoquent dans la bousculade.

Immenses, empressées, les mères se penchent vers leurs enfants qui lèvent le museau, tendent leurs joues lisses, et clament tous en même temps des choses confuses en brandissant des objets confectionnés avec du carton, du tissu, du plâtre. Les puissants tentacules maternels soulagent les épaules de leur charge, mettent à l'abri les précieux objets et brutalement, c'est la dispersion. Les parapluies s'éloignent déjà dans toutes les directions. Vrombissement des démarrages. Rapide expansion familiale.

Entourée des quelques enfants qui restent à la garderie, la dame en blouse bleue vient refermer la grille de l'école.

Le silence retombe, la lumière décline, la pluie redouble.

Tout peut avoir lieu, donc le pire. Car il rôde lui aussi dans la meute des possibles. La hyène du pire trottine au hasard dans la banalité.

À quatre heures et demie, Éva, la petite fille à l'anorak rouge, se trouvait dans le rang des enfants traversant la cour. Dès les grilles franchies, c'est la débandade joyeuse, la ruée. Chaque enfant est immédiatement capable de reconnaître, dans la masse compacte des corps maternels, la chaleur unique et familière, la main où fourrer la sienne, la joue où poser en vitesse un baiser. Odeur de mère, de mouillé, de brioche. Petites retrouvailles quotidiennes et pluvieuses.

Dans le rang qui se défait, Éva ralentit sa marche, elle se laisse dépasser, sentant les grosses gouttes glisser de sa frange sur son front. Elle est nouvelle dans cette école, ce quartier, cette ville. Elle a encore très peu parlé aux autres écoliers.

Éva est inquiète, comme chaque soir, quand elle redoute de ne pas discerner sa mère dans la masse en attente, de ne pas sentir, braqué sur elle, le rayon des yeux bienveillants qui vous regardent approcher.

La mère d'Éva est si souvent en retard ! Toujours quelques minutes, parfois bien davantage, et cela depuis qu'elles sont venues s'installer dans cette ville. Plusieurs fois par semaine, alors que toutes les mères se sont déjà dispersées, évanouies aux quatre coins des rues, Thérèse apparaît enfin. Elle presse le pas, paraît essoufflée, une cigarette au bout des doigts. De loin, elle esquisse un signe de vague explication, hoche la tête, sourit comme si elle quémandait un peu d'indulgence, puis retrouve son air absent, cette légèreté brumeuse.

La jeune mère dit invariablement : « J'ai été affreusement retardée… Tu comprends, n'est-ce pas, Éva chérie ? » Ou, désinvolte, sans même y croire : « Mais ce n'est pas possible, ils t'ont fait sortir en avance ? », feignant d'ignorer avec quelle ponctualité s'ouvre et se ferme la coquille scolaire. Mais jusqu'à présent, cette mère inexacte a toujours fini par arriver. C'est tout ce qui compte, pour Éva, ce qui empêche le monde de tournoyer de façon vertigineuse, ce qui empêche le sol de cette ville où elle ne connaît personne de se dérober sous ses pieds.

Sur le chemin du retour, l'enfant agrippe le manteau de la mère qui supporte mal qu'on lui donne la main, comme si une petite main, entre ses doigts jaunis par les cigarettes, était gênante, encombrante.

Ce jour-là, Éva se sent de plus en plus mal entre les imperméables humides, les parapluies dégoulinants. Son cœur cogne douloureusement et elle plisse les yeux afin de découvrir, à l'autre bout de la rue, la seule présence qui lui importe. Non ! Rien que des silhouettes qui s'éloignent. Aucune dame qui pourrait être maman ne vient par ici. Le silence comme une brume qui s'épaissit. La porte de l'école est close, et comme Éva n'a rien osé demander à la dame en blouse bleue, elle ne peut que s'abriter sous le porche. Nerveusement, elle se hausse sur la pointe des pieds et commence à remuer comme une bête affolée. Elle s'accroupit, grenouille triste, résignée, grenouille écarlate. Elle soupire, se redresse, se gratte la cheville. Elle sait qu'elle connaît très mal l'itinéraire entre l'école et l'appartement qui n'est pas très proche. Un appartement où sa mère et elle n'habitent que depuis deux mois.

Les yeux noirs d'Éva scrutent de plus en plus vite toutes les directions.

Cette fois, elle a entendu sa propre voix prononcer « maman ». Toute personne qui approche se révèle insupportablement étrangère. C'est elle là-bas ! Non, ce n'est pas elle !

Détresse sur ce trottoir hostile, avec cette fissure pleine d'eau dans l'asphalte et ce journal trempé, froissé, au bord du caniveau. Sensation confuse de n'être plus rien, d'être invisible.

Brutalement, la petite s'arrache au mur auquel elle était adossée et part en courant. Éva, si maigre, si peu résistante, court à travers la ville avec ce cartable bourré de livres qui lui frappe les reins. Les trottoirs sont glissants. Les feux des voitures font de grandes étoiles rouges dans ses yeux inondés de larmes. Tout est brouillé. Sans le vacarme de la ville, on pourrait entendre la plainte qui coule de sa gorge tandis qu'elle traverse, sans ralentir, sans regarder à droite ni à gauche, une rue puis deux, puis trois ou quatre, au hasard.

Éva court au-delà de ses forces, le souffle lui manque. Gorge brûlante, jambes douloureuses, et ce cartable si lourd qui la ralentit, qu'elle voudrait jeter par terre mais dont la perte l'affolerait davantage encore.

L'accident n'est toujours pas arrivé. Il s'en faudrait d'un rien pour qu'il ne se produise pas. Éva pourrait suivre miraculeusement le bon itinéraire, s'effondrer de fatigue sur le seuil d'une boutique jusqu'à ce qu'un passant lui demande : « Tu t'es perdue ? » Mais rien de tout cela n'arrive et la pluie froide achève de dissoudre les chances.

Éva file sur sa petite trajectoire d'abandon, ignorant qu'au même instant sa mère, qui s'est administré une forte dose d'oubli solitaire, une grande rasade d'indifférence pure, fonce pourtant vers elle. Mais elle est encore bien trop loin pour arriver à temps à la sortie de l'école.

Non loin, affrontant lui aussi toute cette pluie, Étienne Vollard est sur sa propre trajectoire. Les deux lignes vont se couper en un point singulier et tragique.

Seul, comme presque toujours, il est au volant de sa camionnette verte bourrée de cartons de livres. Vollard est si massif, si grand, si volumineux que son ventre et ses jambes et ses cuisses tiennent à grand-peine entre le dossier reculé au maximum et le volant. Six cents kilos de ferraille, deux cents kilos de livres, cent dix kilos de Vollard, bref, une tonne de choses mécaniques, humaines et littéraires sur l'avenue à quatre voies qui coupe la ville du nord au sud. Comme un somnambule, le libraire roule, il soliloque. « … *le désespoir dans ses grandes lignes. Le désespoir n'a pas de cœur, la main reste toujours au désespoir hors d'haleine, au désespoir dont les glaces ne nous disent jamais s'il est mort.* »

Vollard n'aime pas conduire, il n'aime pas la vitesse, mais pour le transport des livres anciens, des livres d'occasion qu'il va parfois acheter au loin, dans une autre ville, il est obligé d'utiliser sa camionnette, de se mêler à la circulation toujours trop rapide des avenues.

Ce soir-là, chaussée glissante, gerbes d'eau, essuie-glaces emballés. Éva court encore le long de la contre-allée qui borde l'avenue. Elle trébuche, bouscule des passants, se heurte plusieurs fois à du métal, à du béton, s'écorche un genou.

C'est alors qu'elle décide de traverser l'avenue interminable qu'elle longe depuis un moment. Fleuve bruyant. Fleuve furieux. Hors d'haleine, elle se faufile entre les pare-chocs des voitures en stationnement, puis se précipite, sans rien regarder ni rien voir, perpendiculairement aux bolides emballés.

Une fraction de seconde trop tard, le libraire Étienne Vollard voit le corps minuscule se jeter devant son véhicule dans cette lumière jaunâtre rayée par la pluie. Tout en lui se contracte, se tasse avec effroi. Pédale de frein écrasée, volant basculé vers la gauche, Vollard se cramponne et se crispe comme s'il pouvait encore retenir de ses propres mains la bête de ferraille qui fonce sur sa proie. Trop tard… Glissade sans fin. Vollard, volant, véhicule ne font plus qu'une seule masse métallique qui fauche la fillette, l'arrache à l'asphalte, la soulève. Après le premier choc sourd, c'est le fracas du corps contre le pare-brise, dans le hurlement des freins, d'autres stridences et d'autres chocs, et tout cela paraît ne jamais finir.

Vollard voit successivement le petit anorak rouge, la pâleur, la terreur soudaine dans deux yeux immenses, démesurés, deux yeux incrédules plongeant fugitivement dans les siens. Longtemps, il restera persuadé d'avoir nettement distingué ce visage à travers le pare-brise, un visage d'enfant qui n'était séparé de sa vieille tête à lui que par l'écran transparent contre lequel il se brisait.

Puis c'est l'immobilité, l'arrêt sur horreur. Vollard comme cimenté au siège, mains soudées au volant. Infiniment lourd.

Le libraire dans la neige

Au prix d'un effort énorme, il parvient à bouger, à ouvrir la portière, mais en descendant, il se prend les pieds dans la ceinture de sécurité qu'il n'utilise jamais et qui pend le long du siège. Alors, lourdement, il tombe à genoux, les mains à plat sur le goudron poisseux, et il avance à quatre pattes vers le corps qu'il aperçoit à quelques mètres, dans les pinceaux des phares des véhicules qui se sont figés sur place. Tout semble plongé dans un inquiétant silence.

À l'instant où il rejoint le corps, c'est comme si les milliers d'instruments d'un orchestre improbable se mettaient à s'accorder dans une grande cacophonie, tandis qu'il voit mais n'ose toucher, là, devant lui, la petite chose inerte, ce bout d'enfance, la tête bizarrement tordue, les bras désarticulés, le pied rouge sans chaussure. Il se penche, ne respirant plus, au-dessus des yeux mi-clos, de la bouche qui grimace et qui saigne, de la peau affreusement blanche, de la boue et du sang. Les mains à plat sur le sol, il voit le filet rouge et crémeux couler sous le caoutchouc brûlant des pneus noirs.

La musique de l'orchestre se déchaîne alors. Cris, sons de trompes, cuivres déchaînés, et Vollard devine au-dessus de lui, autour de lui, une foule sombre qui vocifère. Il y a même des gens qui l'empoignent, le tirent. On tente de le relever de force, de l'arracher à la fascination. Il voudrait dire : « Elle respire encore, mais elle saigne, elle respire encore… », mais il n'a plus aucune voix. Comme dans un rêve, il ne sent pas les coups de pieds, les coups brutaux contre sa cuisse. Et des mains tirent ses cheveux et agrippent ses vêtements, mais il est si lourd ! Enfin, plusieurs hommes le saisissent, parviennent à le redresser. Ce sont des policiers. Déjà, la sirène de l'ambulance, le gyrophare bleu révélant par intermittence des figures de spectres. Une dame rapporte le cartable de l'enfant, la petite chaussure. « Elle respire encore… », dit-il mais d'une voix blanche, essoufflée, mourante.

Dans le car de police, assis face à lui, un agent très jeune le regarde et lui pose calmement des questions. Ça sent le cuir mouillé, la vieille sueur refroidie, le tabac. Vollard se ressaisit. Il vérifie qu'il porte bien toujours ses lunettes, essuie ses mains sur son pantalon. Il dit surtout : « Elle s'est jetée, elle s'est jetée… » et d'autres choses plus vagues. Il souffle sans discuter dans le tube de matière plastique qu'on lui a tendu, gonfle bruyamment ce qu'on lui demande de gonfler, signe ce qu'on lui demande de signer, sort de ses poches les papiers qu'on lui demande de sortir. Des témoins disent ce qu'ils ont vu à un autre policier, aussi jeune et aussi calme.

Les policiers et les témoins redescendent. Vollard reste seul dans le car. Il a vu passer le brancard, il a entendu le hurlement de la sirène de l'ambulance. Si on emmène aussi vite la petite, c'est qu'elle n'est pas morte, qu'elle ne va pas mourir… À travers la vitre grillagée, il voit des policiers munis de lampes torches inspecter sa camionnette, découvrir tous les livres renversés, éparpillés. La circulation est partiellement interrompue ; le bruit des moteurs couvre les voix.

Vollard pense qu'on va l'emmener ; il ne conçoit pas qu'on ne l'emmène pas. Mais le policier tout ruisselant remonte dans le car obscur, protégeant des papiers avec une toile en plastique :

— Vous pouvez y aller, dit-il à Vollard. Le rapport est achevé… Bon état du véhicule… Alcootest négatif… Vous ne pouviez pas faire grand-chose, d'après les témoins, la gosse était complètement paniquée… rien regardé… jetée sous vos roues… Vous serez convoqué, plus tard, vous devrez comparaître. Mais, pour l'instant vous pouvez repartir…

— Et l'enfant, elle va s'en sortir ?

— Écoutez, ils l'ont emmenée en urgence à l'hôpital, ils feront ce qu'ils peuvent… Malheureusement, on voit ça tous les jours…

Vollard descend du car. Il rajuste ses lunettes que la pluie mouille déjà quand le policier lui tape sur l'épaule : « Tenez, reprenez les clefs de votre véhicule ! » Il va lui falloir conduire.

Le car a redémarré. La foule s'est dispersée. Ce n'est pas de la pluie, mais une solitude acide qui tombe sur les choses. Entre Vollard et le reste du monde, une brume rongeuse. Ses mains tremblent, elles ne parviennent pas à introduire la clef de contact.

Le moteur finit par tourner. La camionnette alourdie par les livres s'ébranle, exactement comme avant, mais Vollard progresse sur l'avenue avec une lenteur extrême, la peur au ventre, dans l'attente d'un autre choc. On le klaxonne. Il tourne au hasard. Une rue puis une autre. Dans les oreilles, le bruit mat et formidable d'un corps enfantin, cogné, fracassé contre le capot, contre le pare-brise. Bruit des os brisés, les freins qui crissent, et cette impression de glissade, d'impuissance. Les doigts broient le volant, se crispent sur l'absurdité. Tous les muscles de la jambe, de la cuisse, enfonçant la pédale.

Il roule ainsi, Vollard le libraire, pris dans cette rêverie de mort, les clignotements, puis l'obscurité des quais, sans même respecter les feux rouges.

On le klaxonne encore, mais il y a de moins en moins de circulation, de plus en plus de vide et de noir. Bientôt, il sort de la ville et s'engage sur une route qui monte immédiatement dans la montagne entre les dernières maisons massives et serrées.

Cette ville permet cela : flâner parmi la foule des boulevards, entre des immeubles, des tours, des grands magasins et, quelques instants plus tard, se retrouver seul en pleine montagne, dans un lieu encore sauvage.

Arrivent les premiers virages, une pente déjà forte, puis des lacets entre des parois rocheuses. Des pierres sont tombées sur la route. Et Vollard roule comme s'il allait s'arrêter d'une minute à l'autre, le plus lentement possible, la ville illuminée à ses pieds, avec la traînée jaunâtre de l'avenue où il a eu l'accident, les blocs éclairés du grand hôpital où ils ont dû emmener la fillette, les néons bleus, les phares mouvants, l'alternance rouge, verte des feux, partout, entre les masses écrasantes et obscures des montagnes enserrant l'agglomération.

Mais Vollard ne peut plus s'arrêter. Il traverse des villages déserts, des forêts, des vallons, des bois de sapins. La ville soudain volatilisée, enfoncée dans ce trou de clartés détrempées. La ville magiquement effacée par la puissance des montagnes. Alors, la pluie devient de la neige fondue, puis, avec l'altitude, des tourbillons de flocons blancs.

La route est plus escarpée mais surtout plus étroite, à peine une fente à travers l'épaisse forêt. Risque de se perdre, de se dissoudre. La camionnette n'avance pratiquement plus. On dirait qu'elle s'endort, qu'elle hésite à faire un mètre et encore un mètre. Parvenue au col elle s'arrête enfin et demeure là, sur la route, comme épuisée. Vollard ouvre la portière, laisse les flocons se ruer sur lui en silence. Tout est recouvert d'une couche blanche, voile neigeux déployé sur les branches, dentelle sur l'herbe des bas-côtés, givre argenté atténuant l'obscurité.

Au bord du vaste espace désert, un hôtel totalement fermé. Fenêtres aveugles dans le bois noir. Des engins de déneigement échoués là. Des troncs entassés. Géants morts sous leur linceul. Plus loin la route plonge à nouveau dans la profondeur des bois en direction d'une autre vallée.

Après avoir extrait sa grande carcasse, Vollard se dresse dans la nuit, lève la tête vers le ciel et commence à marcher dans cette solitude. Il enfouit ses poings dans ses poches. Le froid lui mord le visage, les épaules.

D'abord, il sent la route sous ses pieds comme un tapis moelleux, puis un chemin forestier sur lequel il avance encore, dans une neige plus ancienne, entre les branches basses, les racines noueuses, ne distinguant presque rien de ce qui l'entoure. Un sentier se perd entre les roches. Vollard parfois trébuche, mais il grimpe, automatiquement. Il lui arrive de poser les mains devant lui, de tâtonner, de saisir un morceau de roc glacé afin de se hisser. Il s'agrippe comme il peut, à l'herbe coupante ou à la mousse des bois rugueuse comme du corail. Pour atteindre enfin une clairière couverte de buissons craquants et poudrés. Il y a des flaques de boue gelée, des ondulations blanches. Alors Vollard s'immobilise sous les flocons clairsemés qui paraissent tomber au ralenti. Il se fige à son tour dans tout ce gel, ces ténèbres à l'odeur d'écorce humide. Le bruit de sa respiration remplit l'espace. Il serre les poings, inspire profondément et se met à crier.

Le cri est terrible, rauque, interminable. On doit l'entendre de très loin. Comme un animal qui se vide d'une douleur noire. Comme une bile vomie par des organes gigantesques. Un cri qui ne décroît et ne s'essouffle qu'après un long moment, pour mieux reprendre et se déployer encore. Un cri dans la montagne, qui monte entre les arbres et les rocs, toujours plus haut, entre les sommets qu'écrase le couvercle noir du ciel. Le cri de Vollard est puissant : tout se tait et se terre encore davantage. Plus un craquement. Pas un murmure des bêtes cachées dans leurs terriers, tassées sur elles-mêmes dans des trous, mais ce cri, rien que ce cri dans la nuit de novembre.

À aucun instant, le cri ne devient pleur. Vollard ne sait pas pleurer. Il hurle seulement jusqu'à épuisement. Il attend longtemps avant de reprendre sa marche, s'enfonçant jusqu'aux genoux dans une couche crémeuse, puis un enchevêtrement de buissons. Griffes sous la neige. Il trébuche sur de grosses pierres. Il avance courbé en deux, les bras en avant. Il voudrait se tenir bien droit, fendre la forêt, défoncer la montagne comme un animal antédiluvien, une pure violence, mais à plusieurs reprises de grosses branches mortes se cassent contre son front et il ne sait plus si c'est de la neige fondue qui ruisselle sur ses joues, si c'est de la sueur ou du sang.

Il tombe une première fois, malencontreusement, et croit s'être brisé des côtes contre une souche. Péniblement, il se redresse, continue, cherchant confusément à se faire mal, tapant avec les poings dans les troncs, mais tout à coup le sol se dérobe et il tombe une seconde fois, roulant sur lui-même, n'en finissant pas de glisser sur la pente, emporté par sa masse. Lorsqu'il s'immobilise enfin, il patauge dans la neige et la boue glacée.

Il ne sent plus ses mains ni ses pieds. Son front et ses côtes le font souffrir, mais cette douleur est aussi une protection étrange, son égarement est complet. Sa veste est trempée et l'humidité entame sa vieille peau, sa carcasse si résistante. Il croit sentir un sol plus régulier sous ses pieds, suit tant bien que mal un vague sentier. Il ne tend même plus les bras en avant et improvise un chemin dans le noir.

Le sentier redescend, fêlure dans un cauchemar. Vollard n'éprouve plus le besoin de hurler. Il se ressaisit, reprend possession de lui-même. Il respire profondément en écoutant la nuit. Le silence est écrasant. Il doit y avoir des bêtes plongées dans une torpeur d'hiver, indifférentes à cette souffrance incongrue.

Pour la première fois, il constate qu'il tremble de tous ses membres, que ses mâchoires claquent, et qu'il lui est impossible d'arrêter un tel déferlement. Au fond de lui, pourtant, l'impression d'horreur a cessé. Il sait qu'il ne va pas mourir cette nuit, qu'il ne prendra pas même froid s'il continue à remuer. Il sait quelles réserves d'énergie se tiennent au centre de son corps immense. Ce qu'il vient d'affronter n'est qu'une figure du pire. Il en connaît d'autres. Son errance dans la montagne, la douleur et la marche dans les ténèbres de cette montagne qu'il connaît bien l'aident seulement à admettre qu'il lui faudra vivre avec ça désormais, l'absurdité irréparable : avoir écrasé et peut-être tué un enfant.

Vollard boite et grelotte dans le silence, mais il retrouve une ancienne solidité mentale. Il progresse à présent sur une petite route de montagne.

Il avance toujours, les bras croisés autour de la poitrine, s'administrant de grandes claques retentissantes, mais le froid glacial est le plus fort et il tremble violemment. Le jour paraît ne jamais devoir se lever.

Comme la route remonte en pente douce, s'incurve légèrement, il découvre enfin la silhouette râblée d'une maison. Une masse plus obscure. Une odeur de fumée. Le rectangle jaunâtre d'une fenêtre éclairée. Un homme, debout devant la porte, tient quelque chose à la main. Sans bouger, il regarde Vollard surgir de la nuit, s'approcher, puis s'immobiliser à quelques pas. Tout près, un chien grogne longuement. L'homme ne paraît ni surpris ni méfiant. Il pose son seau et ce bruit métallique achève de faire revenir Vollard à lui-même. Il voudrait parler, saluer, esquisser une explication, mais aucun son ne passe entre ses mâchoires. L'homme voit que les cheveux de Vollard sont collés par la boue. Il voit que le front saigne, que le pantalon et la veste sont déchirés.

— Il y a eu un accident ? demande-t-il calmement.

— Oui, balbutie Vollard en grelottant, un accident…

— Entrez d'abord vous chauffer, vous remettre. Vous tremblez trop. Il y avait quelqu'un d'autre ? Des blessés ?

— J'étais seul… Personne d'autre. Je suis seul…

— Tenez, je viens de faire du café, il est brûlant. Prenez…

Il considère avec étonnement la taille imposante de ce personnage égaré, trempé, sanguinolent, qui le domine de plus d'une tête.

Vollard s'approche instinctivement du fourneau. Le chien renifle ses jambes, se dresse contre lui, accrochant ses griffes au tissu trempé. Au mur, une image représentant un camion de pompiers illustre le mois de novembre. Toujours muet, commençant à se réchauffer, Vollard fixe le camion, cette tache rouge.

— Si vous voulez, dit l'homme, désignant le calendrier du menton, et tapotant sur un téléphone portable accroché à sa ceinture, je peux téléphoner.

— Non, inutile, dit Vollard, les deux mains enserrant la tasse de café fumant… ça va aller…

— Mais l'accident ? Le véhicule ?

— L'accident a eu lieu hier, ailleurs, dans la vallée. Je n'ai fait que marcher dans les bois cette nuit. Besoin de marcher… Suis tombé plusieurs fois, mais rien de cassé, je crois…

Il grimace de douleur.

— Côtes fêlées tout au plus, mais j'en ai vu d'autres. Je voudrais seulement retrouver ma camionnette, mais je ne sais pas où nous sommes. Il y a un col, près d'ici ?

— C'est à vous, le véhicule abandonné, là-haut ? Même pas fermé à clef. Hier soir, je suis passé à côté, avec mon chien. Ça m'a intrigué… Sûr que je vais trouver un mort, je me suis dit ! Mais au lieu d'un cadavre, j'ai vu tous ces livres. Bon Dieu ! Un sacré tas de bouquins ! Si vous remontez la route sur un bon kilomètre, vous y êtes, c'est le col… Attendez donc que le jour soit complètement levé. Si ça se lève.

— Non, je vais y aller. Merci pour le café, pour la chaleur. Je dois repartir. Je suis encore mouillé, mais je ne grelotte plus.

— Qu'est-ce que vous faites avec tous ces bouquins ?

— Je les lis. J'en achète, j'en vends. Je vis avec eux. Encore merci, mais je vais rentrer… Ça ira.

— Comme vous voudrez, dit l'homme. Vous savez, j'habite ici depuis bien longtemps. Et avant moi mon père et mon grand-père vivaient déjà dans la Chartreuse. Alors croyez bien que des types dans votre genre, qui surgissent d'on ne sait où à n'importe quelle heure, on en a vu passer des quantités. C'est cette montagne qui veut ça.

— Ça ne m'étonne pas, répond Vollard.

— … C'est toujours pareil. Ceux qui débarquent comme vous, en pleine nuit ou au petit matin, c'est ailleurs qu'il leur est arrivé quelque chose. Un accident, un malheur ou une autre saleté. Alors ils viennent, parfois de très loin. C'est la Chartreuse qui les attire ! Tous les mêmes… Ils montent comme vous êtes monté, je dis pas pour se perdre, non, mais plutôt pour se mettre à l'écart un moment. Et ça fait des siècles que ça dure. Au tout début c'étaient des moines, des ermites, des dingues et, bien sûr, des pauvres gars comme vous… Mais dans votre cas…

L'homme hésite…

— Oui ? demande Vollard.

— Mon père, je sais pas, mais moi, j'en ai encore jamais vu d'aussi grand que vous, d'aussi…

— … volumineux ? Je sais, je suis encombrant. Je m'encombre moi-même depuis longtemps. C'est comme ça ! En tout cas, merci encore.

Vollard prend la direction du col. Le chien l'accompagne un moment, en courant de droite à gauche, renifle des traces de bêtes, pisse trois gouttes sur la neige, puis il rebrousse chemin.

Quand le libraire entreprend de faire démarrer sa camionnette et de redescendre vers la ville, il neige sur les montagnes, dont les sommets disparaissent dans un troupeau de nuages éléphantesques, il neige sur les rochers glacés où la couche blanche va s'épaississant, sur les prés obscurs, les bois touffus de la Chartreuse, il neige sur la route en lacet qui devient un ruban de feutre, sur les monastères dissimulés dans les replis les plus secrets du paysage, il neige sur les tombes des moines morts depuis des siècles, sur la ville, ses avenues glissantes, ses tours, ses ponts, ses parcs, et il neige sur le grand hôpital où la petite fille a été transportée. Des flocons épais tombent devant les baies vitrées de la bibliothèque municipale comme devant les fenêtres aveugles de la morgue. Flocons noirs dans la clarté des lampes. Flocons blancs dans l'obscurité des ruelles.

Sous cette neige, Vollard est seul. En lui, tout est gelé, durci. Mâchoires serrées, poings crispés. Il a décidé de se rendre le plus rapidement possible aux urgences. À chaque virage en épingle à cheveux, il distingue un peu mieux la ville qui s'étale comme une flaque grisâtre sous la brume épaisse. L'hôpital apparaît, ville dans la ville, où les souffrances, les blessures, les maladies, les agonies s'entassent sur de vastes étages.

Les portes vitrées marquent pour Vollard l'entrée du labyrinthe. Il est debout, d'abord décontenancé par les odeurs de médicament, les grincements de chariots sur lesquels passent des corps blessés de frais, par l'agitation de blouses et de pansements. Il incline son buste par-dessus le bureau d'accueil en s'efforçant de ne pas trop intimider la réceptionniste. Pourquoi un homme déchiré, écorché et qui paraît lui-même plutôt mal en point se soucierait-il d'une enfant admise la veille ?

Il demande, très vite, la voix enrouée :

— Cherchez un peu… Ça s'est passé hier, un peu après dix-sept heures ! Une petite fille… renversée par une camionnette.

— Enfin, monsieur, vous dites que vous avez été prévenu, et vous ne savez même pas le nom ? Vous êtes de la famille ?

— C'est ça…

Près des portes vitrées, un infirmier qui a terminé son service, mais hésite à sortir en pestant contre la neige qui tombe à gros flocons, se retourne et s'approche de l'accueil :

— Il doit parler de la gosse écrasée, hier après-midi… Une dizaine d'années. On l'a montée au bloc… dans un sale état…

L'infirmier, pressé ou épuisé, n'a pas un regard pour Vollard, qui lui coupe la retraite.

— Elle n'était pas… ?

— Morte ? Non, quand on nous l'a amenée, elle respirait. Ils ont dû tenter une intervention. Je ne sais rien de plus, il faut aller dans le service…

C'est ainsi que Vollard, après la sombre forêt, après la montagne et la neige, va s'enfoncer dans les profondeurs du grand hôpital, se laisser avaler, engloutir, s'efforçant d'atteindre le service où il saura enfin ce qu'il est advenu de cette petite fille dont il lui semble distinguer encore les yeux terrifiés braqués sur lui. Et il sent bien que ses muscles et sa viande et ses os et ses nerfs et sa cervelle n'en finiront jamais de percuter ce corps enfantin par une fin de journée neigeuse aussi vaste que le temps qui lui reste à vivre.

La femme transparente

Thérèse roule beaucoup trop vite. Le paysage délavé se rue sur son visage. Les essuie-glaces miaulent en cadence. Trop vite, mais pas assez pour arriver à l'heure à la sortie de l'école. Éva va l'attendre. Le volant vibre un peu entre ses mains, mais Thérèse reste étrangement calme. Elle se répète qu'il faut être à l'heure. Elle sait qu'on ne peut pas laisser à l'abandon une fillette qui n'a au monde que sa maman. Elle fait ce qu'elle peut pour se convaincre qu'elle est la mère d'une petite fille qu'elle a nommée Éva, il y a dix ans. « Éva », avait-elle murmuré à la sage-femme. Durant toute sa grossesse, elle n'avait pas songé une seule fois à un prénom, mais celui d'Éva s'imposait soudain, au moment où on lui demandait de déclarer l'enfant qu'elle venait de mettre au monde.

Comme les autres fois, Thérèse a dû faire un effort immense pour rebrousser chemin. Dès le matin, elle roule droit devant elle sur l'autoroute qui quitte la ville vers le nord, ou vers l'ouest, selon la branche de l'échangeur qu'on choisit. Dès qu'Éva est à l'école, Thérèse s'en va.

Elle devrait se soucier du travail dont on lui a parlé. Au moins se présenter. Mais non, Thérèse conduit des heures durant, elle roule, au hasard.

Sinon elle prend le tramway jusqu'à la gare. Rapidement, elle étudie les horaires des trains régionaux afin de voyager jusqu'à une autre gare d'où elle en reprendra un qui la ramènera à temps vers la ville où Éva l'attend. Souvent, ils sont presque vides. Et il y a des gares perdues, complètement désolées.

Il arrive aussi à Thérèse de rester simplement assise sur un quai, au bord des rails, regardant monter et descendre les voyageurs, dans une odeur de goudron. Puis elle s'installe au buffet de la gare, posant près d'elle, sur la chaise, l'imperméable blanc et le sac de voyage. Elle ne lit pas, elle fume, observe les gens, et sort par moments de son sac un épais cahier à spirale sur lequel elle note quelque chose.

En ce jour de novembre, elle a roulé sous la pluie toute la matinée. Rouler pour rouler, comme toujours, se dissoudre lentement dans la tiédeur de l'habitacle, écoutant la radio, ces voix sans corps, venues de très loin, qui parlent de n'importe quoi.

La pluie, la musique, les voix, la vitesse. Après cent kilomètres, Thérèse coupe la radio. Le moteur ronronne. Un léger sourire naît alors sur ses lèvres et un frisson se propage sur sa peau, son ventre, ses cuisses, ses jambes, jusqu'à la plante de son pied qui appuie sur l'accélérateur. Elle connaît sa folie. Elle sait qu'elle pourrait ne jamais revenir. Elle joue avec cette possibilité : ne jamais revenir !

Depuis qu'elle est arrivée avec Éva dans cette ville, elle est toujours rentrée. Pas toujours à temps, mais elle est rentrée, pour la petite. Bien sûr, elle pourrait ne pas envoyer Éva à l'école, l'installer à l'arrière de la voiture, et s'en aller plus loin, plus longtemps. Mais ce ne serait pas vraiment la même chose. Elle a déjà tellement voyagé avec sa fille, tellement roulé. Maintenant qu'Éva n'est plus un bébé, sa présence empêche le frisson de se propager, empêche la vitesse et la lenteur de faire leurs effets sur Thérèse, de débarrasser Thérèse d'elle-même.

Quand le moteur est un rêve, que le paysage est un buvard mauve, quand elle se sent enfin devenir transparente. Dernière courbe de l'autoroute qui descend vers la ville écrasée entre ses montagnes. Thérèse sait bien qu'Éva est sortie de l'école depuis quelques minutes, qu'elle attend toute seule. Son corps se tient encore dans cette brume délicieuse de la vitesse. Elle voudrait que l'inquiétude l'envahisse, que le souci la ronge, lui fasse battre le cœur, lui offre une vraie consistance. Elle fait seulement ce qu'elle doit faire, ce que lui dicte une raison très lourde et très ancienne. Sa chair, elle, est ailleurs. La brume qui lui sert de chair… Bientôt, alors que la ville est presque atteinte, la circulation devient si dense que Thérèse doit ralentir. Son retard sera plus grand encore. Puis tout est obstrué. Les voitures n'avancent plus. Un train arrive, illuminé. Il se glisse parallèlement à l'autoroute, jusqu'à la gare.

Plusieurs fois, Thérèse a pris le train pour Paris, sans raison. Dès l'aube, elle conduit Éva à la garderie où la grosse dame en blouse bleue accueille dès sept heures moins le quart les petits ensommeillés. La gare. Le train à grande vitesse de sept heures cinquante-trois. Un billet. Dès qu'elle est dans le compartiment, Thérèse se laisse sombrer dans la tiédeur. Les vitres comme des miroirs. Le démarrage en douceur. Les premières lueurs de l'aube. Le paysage se révélant peu à peu dans le rectangle miroitant. Les fenêtres des maisons éclairées dans la campagne. Le train est plein d'hommes sérieux, discrets, avec leur costume sombre, leur petite mallette. Dans son fauteuil, Thérèse ne dort pas. Les yeux mi-clos, elle attend de se sentir vraiment partie. Elle attend sa légèreté, sa transparence. Elle attend de se trouver pleinement dans le bercement, l'ivresse infime du tangage. Quand le train glisse à plein régime à la surface de la terre. Sans toucher à rien. Pure rayure. Thérèse quitte alors le cocon du fauteuil pour se rendre au wagon-bar.

Des messieurs sont là. Debout. Costume contre costume. Mallette contre mallette. Certains téléphonent avec une gravité comique. Thérèse les observe. Dans son gros cahier à spirale, elle inscrit quelques mots. Il y a aussi des techniciens, des scientifiques, dans ce train matinal. Des tenues moins soignées, de gros pull-overs, des chemises ouvertes, mais des yeux qui pétillent derrière des lunettes à monture de métal tandis qu'ils parlent entre eux avec animation de choses savantes.

Souvent, après l'avoir dévisagée avec insistance, un homme s'approche de Thérèse, se colle presque contre elle. Il feignait de s'absorber gravement dans un journal financier, mais brusquement, lui adresse la parole. Thérèse reconnaît le sourire. Ce sourire de peur et de présomption sur la face bien rasée et puant l'after-shave de ces hommes des trains, de ces hommes des bars, des grands magasins, des parkings. Autour des machines à café des stations-service, dans les salles d'attente, ils ont ce sourire crispé pour adresser la parole à la femme inconnue.

— Vous prenez aussi ce train pour votre travail ?

Thérèse prend le temps de considérer longuement l'homme qui l'aborde. Mais elle répond toujours, parle volontiers.

— Oui, mon travail…

— Je vous offre quelque chose à boire ?

— Bon, d'accord… Un autre café…

Elle désigne le paysage en souriant : « Regardez, tout est rose. Où sont ces villages qu'on aperçoit du train ? Ils paraissent parfaits, si tranquilles, comme ramassés sur eux-mêmes… Une église, un château. Où se trouvent-ils exactement ? Lorsqu'on roule en voiture, on ne traverse jamais des villages aussi beaux que ceux qu'on découvre à travers la vitre des trains… Vous n'avez pas remarqué ?

— Je ne sais pas, répond l'homme. Je ne regarde jamais le paysage. Vous travaillez à Paris ?

— Ces villages… On finit par se demander s'ils ne sont pas un décor construit pour les passagers… Mon métier ? Il m'oblige à partir tôt le matin, à changer de ville. C'est une chance, n'est-ce pas ?

— Vous trouvez ? Moi, je dois laisser ma femme, mes enfants. Tous ces kilomètres entre eux et moi. Mais on n'a pas le choix…

— C'est ce que je dis, une chance…

— Vous n'avez sûrement pas d'enfants. Vous ne pouvez pas comprendre. Vous vivez seule ?

Thérèse esquive la question.

— Regardez, ces vaches, dans ces prés, regardez-les, le jour se lève, on les sent chaudes dans cette humidité. On voit de la vapeur devant leurs naseaux. Elles ont quelque chose d'enviable. Mais quoi ? C'est difficile à dire : leur lenteur ? leur masse ? leur rumination dérisoire ? toute cette viande à travers laquelle l'herbe devient du lait…

L'homme semble étonné, décontenancé. Thérèse se reprend.

— Vous disiez ? Seule, moi ? Non… j'aimerais tant parvenir à la solitude de n'importe laquelle de ces vaches, mais ça…

Thérèse parle volontiers aux hommes qui l'abordent. Aimable. Indifférente. Hors d'atteinte. Elle leur parle sans leur répondre exactement. Ils croient converser avec elle, mais bien vite, elle leur paraît désespérément inaccessible, et surtout déconcertante. Les mots de Thérèse ne font que croiser silencieusement les questions des hommes. Ils filent sur une autre ligne. Dans une autre direction. Et les hommes sont déroutés. Leur sourire de meneur de jeu s'efface doucement. Ils ne comprennent plus. Pour eux, cette rencontre, au bar, s'ouvre sur une inquiétude à laquelle ils ne sont pas préparés. Ils abandonnent.

Brutalement, Thérèse veut écrire dans son cahier une phrase, oui, une phrase au moins sur les vaches, ou plutôt sur ce seul bœuf splendide et opulent qu'elle vient d'apercevoir quelques secondes : « Ô bête si belle, si puissamment présente, je vois approcher tous ces dégoûtants repas qui t'éparpilleront en steacks, en côtes, en rôtis, toutes ces mastications et digestions répugnantes qui t'anéantissent déjà sans même que tu t'en doutes, ô bête mangée d'avance, bête déjà partagée, dépecée, découpée, cuite, cuisinée, alors qu'elle broute encore, et qu'elle rêve et rumine dans la grasse innocence de l'herbe. »

Thérèse écrit des phrases étranges, trop longues, un peu pompeuses, et ça lui donne une très légère envie de pleurer et de vomir. Parfois, elle n'écrit qu'un seul mot, en appuyant si fort avec son stylo à bille qu'elle troue la page. Puis elle enfouit à nouveau le cahier dans son sac.

Quand les passagers sont tous descendus, que les costumes sombres se sont précipités vers leurs affaires, Thérèse quitte à son tour le wagon, regarde à droite, à gauche, inspire profondément. Elle reconnaît la voix féminine du haut-parleur. Parfois c'est la voix blonde, parfois la brune. Voix sans corps, comme celles de la radio. Jeunes femmes à jamais invisibles qui annoncent les départs, les arrivées, les retards. Il est dix heures…

Thérèse sait qu'elle devra monter dans le train de quatorze heures vingt-huit, si elle veut être de retour à temps pour Éva. Elle n'a aucune envie d'aller marcher, même une heure, dans Paris. Elle ne quitte pas la gare, passe un moment dans les kiosques, se laisse traverser par les images des magazines. Tous ces sourires. Ces couleurs. Des filles blondes, nues, aussi inaccessibles que les voix des haut-parleurs. Des photographies glacées de voitures, de parfums, téléphones mobiles, bijoux. Et encore des sourires et des couleurs, des corps de femmes. L'autre monde, tous ces êtres beaux et souriants. Puis c'est la lente errance dans la grisaille assourdissante des quais de gare où personne ne sourit. La bousculade des corps fatigués, difformes, froissés.

Thérèse tire de son porte-monnaie quelques pièces qu'elle donne à un homme déjà âgé qui mendie, assis au milieu d'une accumulation de sacs débordant de choses abîmées. Il a tendu une main enflée, violette. Alors, elle s'assoit près de lui, comme si elle s'installait à son tour au bord des flots rapides de la foule.

— Vous n'êtes donc pas là pour prendre le train, ma petite dame ?

— Bien sûr que si : je dois partir. Je suis en avance, c'est tout.

— Vous n'avez pas l'air d'y tenir tant que ça...

— Mais si, je le prendrai, vous savez. Je ne veux pas le manquer. J'espère qu'il n'y aura pas de retard. Je dois retrouver ma fille, elle n'a que dix ans...

— Moi aussi j'ai une fille, dit l'homme. Bien plus âgée que la vôtre. Sûrement une vieille maintenant. Si je savais ce qu'elle a pu devenir et où je peux la rejoindre, je ne ferais pas la tête que vous faites !

— Quelle tête ?

— On dirait que vous flottez, que vous habitez un peu cette gare, comme moi. Tous ces courants d'air... Oui, c'est un drôle d'air que vous avez. Moi, il y a longtemps que je me regarde plus dans les glaces, mais, sauf votre respect, ma petite dame, et la crasse en moins, et ces saloperies de boutons et de croûtes que j'ai sur la peau, je trouve que vous me ressemblez un peu.

Thérèse se sauve.

Parenthèse des gares. Parenthèse des routes. Ce soir-là Thérèse est prisonnière du monstrueux embouteillage, à l'entrée de la ville. Prisonnière de sa voiture. Loin de la transparence. Loin de la légèreté. Jour après jour, l'impression de partir coule sur elle comme l'eau de douches successives et bienfaisantes. Comme du sang aussi, parfois. Comme du sang, c'est-à-dire en pure perte. Dans le cahier à spirale elle a noté : « Temps perdu, pas perdus, sang perdu. »

Plus loin, là-bas, sur l'avenue à quatre voies, il doit se passer quelque chose. On distingue l'éclat intermittent de gyrophares bleus et jaunes.

Éva est-elle toujours debout devant l'école ? Avec cette pluie ? La dame de la garderie l'aura mise à l'abri. Éva sait bien que je finis toujours par arriver... Bientôt, elle sera grande, elle aura moins besoin de moi... Un jour, elle me quittera. Nous avons été trop seules, toutes les deux... Elle plus que moi sans doute. Nos solitudes ne communiquent pas...

Les mains posées sur le volant, Thérèse se laisse porter par le flot métallique et pâteux de l'embouteillage. Sur la pendule du tableau de bord, elle lit « cinq heures vingt ». La circulation est totalement bloquée. Thérèse soupire. Elle chantonne.

Elle ne connaît personne dans cette ville qu'elle ne cesse de quitter, en voiture, en train. Certains jours, elle ne fait que marcher et s'immerge dans la foule des grands magasins. Rêveusement, elle pousse les portes en verre. Elle traverse la parfumerie étincelante où une vendeuse très maquillée l'interpelle, lui propose d'essayer un nouveau parfum. Thérèse s'approche, accepte en murmurant quelque chose ; elle hume longuement son poing, hochant la tête.

— Mettez-m'en sur l'autre main, demande-t-elle, et rappelez-moi encore leurs noms... Merci, mademoiselle. Et là aussi, s'il vous plaît, entre la paume et le poignet.

Thérèse s'éloigne sans rien acheter. Quand elle vient errer dans les grands magasins, elle éprouve bientôt, comme dans les trains, un agréable vertige, une tranquillité ouatée. Éva est à l'école. Le temps paraît sans limites. Elle voit son reflet dans les miroirs, mais elle ne s'intéresse pas à sa propre beauté. L'idée de séduire, l'idée même de plaire à quelqu'un lui est étrangère. Elle passe discrètement entre les choses et les corps. La voici immobile sur une marche de l'escalier roulant qui l'emporte dans les étages. Tout lui paraît calme, tant les bruits et les voix ne forment plus finalement qu'une sphère de silence.

Au rayon des sous-vêtements, elle marche un moment dans une écume de dentelle et de Nylon, se laisse caresser par les vagues très douces de couleurs roses, blanches, crème, rouges, noires. Elle froisse délicatement un soutien-gorge, saisit un slip au hasard et le serre jusqu'à ce qu'il tienne tout entier dans le creux de sa main, comme un oiseau de soie qu'on protège ou qu'on étouffe. Une pensée rapide pour tous ces ventres réels de femmes réelles qui un jour palpiteront derrière ces étoffes encore tellement neuves. Fesses, seins, cuisses, ventres seront bientôt voilés et dévoilés par ces sous-vêtements encore endormis et vierges sur leurs présentoirs. C'est ce genre d'impressions fugaces que Thérèse note dans le cahier à spirale.

À chacun son vêtement. Elle croit voir les corps arriver de toutes les directions… « Ils viennent des quatre coins du futur afin de dépecer, d'éparpiller en cent morceaux et de dévorer les bœufs. Les corps viennent du futur afin d'enfiler et de déformer les beaux vêtements neufs, afin d'enfiler et de salir les sous-vêtements bien blancs. C'est triste et sans importance », écrit Thérèse, qui répète, en majuscules trop grandes pour les petits carreaux du cahier : « TRISTE ET SANS IMPORTANCE. »

Quand l'heure d'aller chercher Éva à l'école est encore assez lointaine, Thérèse prend le temps d'aller revêtir quelques robes du rayon « prêt-à-porter féminin ». Elle choisit longuement, ou s'empare au hasard de robes qu'elle n'achèterait jamais pour elle-même. Elle tire le rideau de la cabine d'essayage, se déshabille et revêt, l'une après l'autre, des tenues qui conviendraient mieux à une femme âgée, ou bien des tenues de soirée, des robes sexy, moulantes, dénudant le dos, les épaules, la poitrine, ou des affreuses robes de chambre en laine, des robes fleuries, ridicules, voyantes, ou bien des robes douces et légères.

Thérèse se livre calmement à ces essayages, mais elle ne jette qu'un furtif coup d'œil dans la glace de la cabine, son reflet ne l'intéresse pas. Elle ne cherche qu'à se blottir à l'intérieur de vêtements qu'elle abandonnera bien vite, en tas, sur le sol de la cabine. Elle ne prête aucune attention à ses apparences provisoires. Elle s'assoit sur la banquette, le rideau fermé, les yeux clos, et tente d'éprouver quelque chose à l'abri de toutes ces robes neuves. À partir de ces robes. Elle attend. Elle entend. Le monde arrive jusqu'à sa peau, à travers les tissus les plus divers. Et elle porte une fois encore ses mains excessivement parfumées à ses narines. Respire. Soupire. Sourit. Dans le cahier : « Être bien, n'être plus personne… Tranquillité des femmes imperceptibles. »

Vient le moment, après toute cette lenteur, où il faut se presser. Éva, encore Éva, et ces horaires rigides de l'école ou de la garderie. Sa fille Éva ! « Éva est mon enfant », a-t-elle écrit plusieurs fois dans son cahier, comme pour s'en convaincre. Ou bien, encadré : « Éva est tout ce que j'ai au monde. » Et de jour en jour, Thérèse parvient à être vaguement mère. Elle fait ce qu'elle peut pour sa fille. Elle s'applique, s'efforce de penser aux tâches qu'elle doit accomplir pour Éva. Et les années passent. Quand Éva était bébé, réussir à faire ce que doit faire une vraie mère était presque plus facile. C'est une belle petite fille à présent. Elle grandit vite. Bientôt, heureusement, elle pourra rester seule, se débrouiller. Et Thérèse lutte très fort contre l'envie empoisonnée de ne jamais revenir…

Immobilisée au milieu du pont, puis progressant au ralenti sur les quais saturés, elle se rapproche peu à peu de l'école. Presque deux heures de retard ! Soudain, elle décide d'abandonner sa voiture, et sous la pluie glacée, achève à pied son trajet. La rue lui apparaît incroyablement déserte. Une petite rue comme vidée de ses habitants et plongée dans un inquiétant silence. L'école fermée derrière les rideaux de pluie et les grilles. Quand elle parvient à se faire ouvrir, Thérèse ne reconnaît pas, en cette jeune femme blonde, la dame qui s'occupe habituellement de la garderie, celle qui l'a vue si souvent arriver en retard, et qui recueille Éva. L'impression d'irréalité augmente encore.

La jeune femme interroge Thérèse d'un regard aimable. Quel enfant vient-elle chercher ?

— Mais vous n'êtes pas… la dame qui d'habitude… ?

— Je la remplace aujourd'hui.

Thérèse a déjà vu qu'Éva n'est pas dans la petite troupe d'enfants aux visages fatigués qui lisent ou jouent dans la salle trop chauffée.

— Blanchot, je suis Thérèse Blanchot. J'ai été retardée… Éva ? Elle ne m'a pas attendue ici, à l'abri ? Vous ne l'avez pas vue ?

— Éva est partie, s'écrie une petite fille qui s'est approchée. Elle est restée sous la pluie. Je l'ai vue. Et puis elle est partie en courant.

Thérèse traverse la cour comme Éva tout à l'heure. La grille grince. La pluie tombe. Les murs sont aveugles. Le sol gluant, glissant. Alors Thérèse repart en direction de leur appartement. Elle sait que sa fille n'est pas capable de retrouver seule son chemin. Trop de carrefours, de rues qui se ressemblent.

Thérèse se dit qu'à l'instant Éva doit être complètement perdue. Quelque part, dans la ville cernée par les montagnes, la neige et la nuit. Elle ne se presse pas. Elle regagne un domicile provisoire, dans un quartier sans charme. Trempée, tachée de rouge, de jaune, de bleu par les lumières collantes du soir, déchirée par les bruits stridents des klaxons, des sirènes, des moteurs. Quand elle arrive enfin chez elle, elle trouve devant sa porte deux policiers en uniforme : « Madame Blanchot ? »

L'attente

« Réanimation », « Soins intensifs », « Traumatologie ». Jeu de piste des services. Sixième, septième étage. Lourdes portes s'ouvrant au passage de chariots qui roulent en silence. Tant qu'on ne l'arrête pas, qu'on ne lui demande pas : « Monsieur, vous cherchez quelqu'un ? Monsieur, ce n'est pas l'heure des visites ! », Vollard avance dans cette blancheur de rêve, cette odeur de désinfectant et d'éther. Dédale éblouissant, surchauffé. Fléchage complexe. « Traumatologie ». Enfin « Réanimation ».

Le long du couloir interminable, des portes sont ouvertes. On voit des corps allongés. Certains presque nus. On sent que ça ne dort pas vraiment. Ces yeux qui regardent droit devant eux ne sont pas vraiment éveillés non plus. Ces paupières closes dans ces visages jaunes ne sont pas les yeux fermés du sommeil. On sent que des drogues sont à l'œuvre, qui apaisent la douleur et produisent cette grande apathie des corps blessés et soignés, des corps amputés, cousus, réparés, pansés. Coma ou somnolences. Des corps en attente de la suite, ou de la fin.

Vollard avance le plus discrètement possible, atténuant autant qu'il peut le chuintement de ses semelles sur le carrelage. Tout paraît figé dans un temps contrôlé par des appareils rutilants. Il est persuadé qu'il faut atteindre la chambre la plus lointaine, la dernière chambre. Quand il passe devant un grand local vitré où s'activent des blouses blanches, personne ne semble remarquer l'immense bonhomme déchiré, crotté.

La dernière est ouverte, mais le lit est vide. Les draps blancs à peine en désordre. Vollard se fige devant ce vide. Il a marché jusque-là pour se cogner à cette absence violente. C'est alors qu'il remarque la mince silhouette d'une femme debout devant la fenêtre. Elle tient les bras croisés devant elle, comme si elle avait froid. Jeune femme perdue dans une contemplation vide. Un paysage d'immeubles entassés, de béton désolé. Montagnes invisibles.

C'est leur première rencontre. Le corps de Vollard obstrue la porte. Le corps de Thérèse se dissout dans les gris du paysage. Entre eux le silence, et cette absence de l'enfant.

Vollard, qui retenait péniblement son souffle, se met à respirer bruyamment. Une expiration grognée, comme si un espoir absurde fuyait interminablement de son corps. Thérèse se retourne, lentement. Elle-même très lasse.

— Vous n'êtes pas le docteur ? demande-t-elle à voix basse.

Vollard secoue la tête.

— C'est bien la gosse qui, hier… ?

— C'est ma fille, Éva.

— C'est moi qui conduisais, hier sur l'avenue… Je l'ai vue trop tard… J'ai besoin de savoir.

— Ils l'ont redescendue au bloc opératoire. Tout à l'heure, j'ai cru qu'elle était morte. Après la première opération elle était blanche, transparente. Ils sont revenus. C'est l'hémorragie qu'ils ne parviennent pas à arrêter. Ils m'ont dit qu'ils allaient faire de leur mieux, mais…

— Vous comprenez, il fallait que je sache. Que je la voie. La revoir. J'ai cherché… Quand est-ce qu'on saura ?

Thérèse ne paraît pas remarquer l'état pitoyable de Vollard, les déchirures, le sang séché.

— On ne peut qu'attendre. Vous avez bien fait de venir. À la police, on m'a dit que vous ne pouviez pas l'éviter, qu'elle était complètement affolée.

— On peut toujours. J'aurais dû. Pourquoi vivre tant d'années… si on n'est pas capable d'éviter une horreur comme celle-là ? Après l'accident, quand ils m'ont demandé de partir, j'ai roulé droit devant moi. Ils l'opèrent depuis longtemps ?

— Depuis le milieu de la nuit. Elle allait très mal. Ils recommencent. Son crâne, bien sûr. Et des organes éclatés. Elle n'a pas repris connaissance.

Vollard croit entendre le grincement léger des roulettes d'un lit médical. Il sort de la chambre, mais à l'autre bout du service, le lit bifurque et disparaît. Vague forme blanche couverte d'un drap. Thérèse regarde à nouveau par la fenêtre.

Vollard ne peut s'empêcher de remuer, s'étire jusqu'aux murs, au plafond, va et vient comme un fauve dans sa cage. Il voudrait donner un coup terrible sur la tablette près du lit. Il sait comment elle se briserait, bêtement, à grand fracas. Alors il se force à écarter les doigts, comme pour dénouer ses poings. Il respire profondément et grommelle des choses confuses.

— J'étais en retard, dit Thérèse, je ne parviens pas à être à l'heure à la sortie de l'école. Moi aussi, j'aurais pu éviter cela. Elle a couru droit devant elle. J'ai pensé à Éva, toute seule, mais je ne prévoyais pas sa panique. Je ne prévois jamais ce qui est important. Elle n'a que moi, vous savez. Mais je ne croyais pas que ça pouvait arriver.

Vollard n'écoute rien.

— Ils la gardent bien longtemps… Je vais aller voir les infirmières. On étouffe ici. Il doit bien y avoir un docteur.

— Non, je vous en prie, restez et attendez avec moi. C'est comme si je ne voulais plus jamais savoir. Je voudrais qu'ils ne me disent plus jamais rien. Qu'ils ne reviennent plus. Je peux rester là, devant cette vitre. Si vous n'étiez pas entré dans cette chambre, je crois que je me serais endormie, debout. Je voudrais m'éparpiller, me répandre comme cette neige qui tombe. Ne plus penser à rien.

— Vous pensez bien à votre enfant, tout de même ! À ce qu'ils lui font, à l'instant…

— Oui, j'y pense. Si je décide d'y penser. Alors ça peut devenir effroyable. Pourtant je crois que je l'aime, je l'ai aimée dès que je l'ai vue. J'ai dit « Éva » comme ça, tout de suite. Quand j'y réfléchissais, je comprenais très bien que ça devait être un bonheur, même sans un père. Déjà, quand je la portais dans mon ventre, je ne parvenais pas à croire qu'un enfant allait venir et serait à moi. Je n'avais presque pas grossi. J'ai laissé les choses aller jusqu'à la naissance, tellement j'y croyais peu. J'ai été affreusement seule. Il n'y a que des femmes seules avec un bébé qui peuvent comprendre.

— Mais quand vous avez eu cette petite fille ? Ce corps fragile… ce regard neuf sur les choses…

— Vous ne comprenez vraiment rien ! La présence d'un enfant rend la solitude dure comme de la pierre. Pas même une solitude de bête : une solitude de chose. Chaque matin, chaque nuit je me répétais : « Tu es une maman à présent, tu dois faire ceci, tu dois faire cela, tout ce que font les vraies mamans… »

— Et vous le faisiez ?

— Oui, tant bien que mal. J'ai toujours fait à peu près ce qu'il fallait pour Éva. Mais il y avait l'autre voix…

— Quelle voix ?

— Celle qui me disait : « Sauve-toi, Thérèse, sauve-toi ! »

— Vous sauver ?

— Oui, ce sont les mots qui me viennent.

— La fuite ou le salut ?

— Qu'est-ce que vous allez chercher ? Vous avez l'air d'aimer tout compliquer. Me sauver : un point, c'est tout ! Toujours, partout, ici et maintenant, il faut que je me sauve… Quand Éva était toute petite, je l'emmenais toujours avec moi. Nous avons beaucoup bougé, voyagé. Je me sauvais, mais j'emmitouflais ma fille, l'installais dans son couffin à l'arrière de la voiture et nous roulions toutes les deux. Je me suis toujours arrangée pour la garder près de moi chaque fois que je trouvais un travail. Ne pas la quitter des yeux. Il le fallait.

— Sinon ?

— Je ne sais pas, ou plutôt si, je sais.

— Vous l'auriez oubliée ?

— Oui, pas abandonnée : oubliée. Dès la fin de la journée de travail, je serais allée marcher dans les rues. Seule. Tout regarder. N'importe quoi. Voir. Les choses. Le corps des gens. Besoin d'être seule. De parler à n'importe qui. Suivre le premier venu.

— Vous voulez dire n'importe quel homme ?

— Disons certains. Pour un détail, un signe que je vois flotter autour de leur corps, autour du visage, et dont ils ne se doutent même pas. Leur enfance morte, je la vois. Leur vie ratée, d'une banalité à pleurer, je la vois. Des types très bien, vous savez, ceux qui s'imaginent avoir réussi quelque chose, alors que leur vie est pire que la mienne. Cette misère, je la vois. Et leur peur aussi, je la vois. C'est comme un appel. Éva m'a été donnée comme ça. Un geste, une intonation qui me touchait, et très vite, un père fantôme.

— Cette chaleur est insupportable. Je pue. Cette nuit, j'ai marché dans la montagne. Je suis tombé. Je suis sale.

— Vous êtes blessé. Vous avez mal ?

— J'ai mal un peu partout, mais ça va passer.

— Vos vêtements sont imprégnés d'une odeur de forêt, de terre. De sueur aussi. J'ai vu vos blessures, vos déchirures, le sang. Mais j'ai vu aussi votre force.

— Ma force ?

— Vulnérabilité si vous préférez. Pour moi, la différence n'est pas grande. Je ne sais pas bien dire les choses…

Brusquement, Vollard se précipite vers le lavabo dont il ouvre en grand le robinet d'eau froide. Le miroir est placé trop bas pour lui, mais quand il se penche, les mains en conque, il aperçoit son visage. Ce que voit Vollard, c'est une masse de cheveux poivre, sel et rouille collés sur le front qui a dû beaucoup saigner ; des yeux verts cernés de ridules et de taches bleues de fatigue ; une barbe elle-même poivre, sel et rouille, dans laquelle il reste de la boue séchée et des brindilles. Se reconnaître dans cette face hirsute et souillée lui fait peur. Comment cette femme a-t-elle pu parler à ce monstre ? Comment peut-elle lui raconter sa vie alors qu'il a peut-être tué sa fille… Qui est donc cette étrange jeune femme ?

L'eau froide, il s'en asperge les joues, les yeux, le front. Il rejette ses cheveux trempés en arrière, grimace, frictionne et nettoie sa plaie, passe ses gros doigts dans sa barbe mais quand il ouvre à nouveau les yeux, s'ébrouant, se redressant, la chambre d'hôpital est soudain envahie par des blouses blanches. Vollard doit se tasser contre le mur pour que passe le chariot métallique.

C'est une sorte de brancard roulant sur lequel il n'y a rien, presque rien. Une vague petite forme écrasée par le drap, des appareils et les poches transparentes des liquides de perfusion. Ce n'est pas la petite fille, mais ce qu'il en reste. Pas de front, pas de cheveux, mais un pansement autour d'un crâne. Pas un museau, pas de joues, mais un masque respiratoire et une minerve rigide. Pas des bras, deux baguettes cireuses dans lesquelles sont plantées des aiguilles reliées à des tuyaux.

Vollard demeure plaqué au mur. Thérèse dans l'encadrement de la fenêtre. Les blouses blanches s'affairent. Délicatement, elles font glisser le petit corps du chariot dans le lit aux barreaux étincelants, et installent des appareils qu'il faut encore brancher et régler avec des gestes précis, des mines graves. Potence de la perfusion. Chiffres lumineux, battements mécaniques autour de ce corps dont Vollard distingue à peine les paupières closes au-dessus du masque et sous le pansement.

Des blouses vertes sont encore entrées dans la chambre à présent encombrée. Bras nus et poilus, lunettes à monture dorée, le médecin le plus âgé regarde tour à tour Vollard et Thérèse. Comme l'un fait un pas et que l'autre demeure figée, c'est à Vollard qu'il s'adresse.

— Elle va s'en sortir. Elle vivra. Nous avons jugulé l'hémorragie. Pour les jambes et l'épaule, tout ira bien. La tête, c'est autre chose. Il faut surveiller. C'est lorsqu'elle reprendra connaissance qu'on pourra se faire une idée. Il faut attendre.

— Attendre encore ? Mais attendre quoi ? hurle Thérèse. C'est impossible, insupportable.

— Tout est trop récent, répond le médecin. On ne peut rien dire. Le choc au crâne a été très violent.

— Mais elle va se réveiller ? Revenir à elle ? demande Vollard.

— Le coma est quelque chose de très mystérieux. Tout ce qui était possible a été fait.

Blouses blanches et vertes quittent progressivement la chambre, à l'exception d'une infirmière au visage rond, aux yeux bleu clair qui demeure penchée au-dessus du masque. On dirait qu'elle sourit aux yeux désespérément clos. Délicatement elle touche le front de l'enfant. Thérèse observe à distance. Elle ne peut approcher de ces machines, de ces tuyaux. Vollard remarque alors les sourcils bien noirs d'Éva, comme deux accents d'étonnement, d'épuisement, d'éloignement dans l'immobilité des draps et le cliquetis des chiffres fluorescents. Il croit revoir les grands yeux ouverts de la petite fille. Ralentie, infinie, cette fraction de seconde pendant laquelle Éva a pu voir aussi ses yeux à lui. Elle, regardant la mort approcher. Lui, impuissant à la retenir.

La journée s'écoule. Vollard va et vient, écrase une chaise sous sa masse, il se redresse et grogne. Thérèse, perdue dans la contemplation de la neige. Deux ou trois fois elle a prétendu qu'il lui fallait prendre l'air. Vollard se demande si elle va revenir.

L'infirmière aux yeux bleu clair est là presque en permanence et il semble à Vollard, qui l'observe, que le sourire qu'elle adresse à l'enfant sans conscience, les caresses qu'elle prodigue aux petites mains d'albâtre sont un remède miraculeux dont elle seule a le secret.

— Il faut lui parler maintenant, à cette petite fille, dit-elle à ce couple étrange, n'est-ce pas, Éva, n'est-ce pas que tu nous entends, que tu vas nous entendre ? Éva ?

Elle est la première à appeler l'enfant par son prénom.

Vers la fin de l'après-midi, Vollard déclare qu'il va s'en aller, mais qu'il reviendra, si on le lui permet. Il y tient. Thérèse paraît très loin. À la fois impatiente et défaite.

— Je ne peux pas rester non plus. Lui parler ? Mais que voulez-vous que je lui dise ? Regardez, elle ne bouge pas. Moi, je ne sers à rien, ici. Il faut que je…

— Que vous vous sauviez ?

Vollard hausse furieusement les épaules en soufflant par les narines. Sans plus se soucier de Thérèse, il s'éloigne lourdement. Masse à l'odeur de chien, écrasé de fatigue et de sommeil, il traverse lentement les couloirs. Dehors, même l'air glacé ne parvient pas à le réveiller. La neige a cessé et se transforme, sur le sol, en une bouillie fuligineuse. Le libraire Vollard cherche sa camionnette. Miraculeusement, il la trouve. Il s'assoit, referme la portière, s'effondre, et s'endort aussitôt. Coincé entre dossier et volant. Tête écroulée. L'accident a eu lieu vingt-quatre heures plus tôt. Paysage bouleversé. Temps dilaté. Ce n'est plus la même ville. Ce ne sera plus la même vie. Ordinaire et gluant, l'événement s'est plaqué comme un poulpe sur les choses.

Dans son sommeil, Vollard s'est lentement incliné, effondré sur la banquette du passager, écroulé à la « place du mort », le bassin toujours encastré entre dossier et volant, mais la tête tordue contre la portière droite dont la poignée s'imprime dans sa joue barbue, tandis que les épaules et le large dos écrasent et froissent des dizaines de romans éparpillés : *Divine Comédie, Métamorphoses, Nausée, Vie courante, Rouge et Noir…*

À la seule vue d'une couverture, blanche ou bariolée, Vollard est capable d'identifier presque instantanément une édition, sa date approximative, une collection, un titre, un auteur, mais bien vite, sa mémoire exceptionnelle se met à lui imposer de larges passages, des fragments de longueur variable qu'il a retenus au fil des années, dès la première lecture. Oui, Vollard peut reconnaître n'importe quel livre, même lu il y a longtemps, tandis que le murmure transparent se met à sourdre dans sa tête, à couler, à enfler, à déborder jusqu'à agiter parfois silencieusement ses lèvres.

Souvent, il revoit avec exactitude le texte imprimé dont le ruban se déroule à l'arrière de sa vue. Mémoire étonnante. Mémoire exclusivement textuelle du libraire Vollard qui abrite, au fond de sa carcasse, la chair intacte et fraîche, la fibre toujours vivante de milliards de mots avalés, mâchés, remâchés, ruminés, en une interminable jouissance. Une scène romanesque lui revient fidèlement, associée à une page, une typographie, une odeur de colle et de papier, et même des blancs, une ponctuation, la cassure brutale d'un mot dont une moitié se penche au-dessus du vide d'une fin de ligne en se cramponnant au trait d'union, et dont l'autre moitié, blessée elle aussi, débute tristement la ligne suivante.

Au bout d'une heure de léthargie, Vollard s'éveille en sursaut. Une page froissée colle à ses lèvres.

« Je m'en fus alors prier l'Ange de me remettre le petit livre et l'Ange me dit : "Tiens, mange-le ; il te remplira les entrailles d'amertume, mais en ta bouche, il aura la douceur du miel…" Je pris le petit livre de la main de l'Ange et l'avalai ; dans ma bouche, il avait la douceur du miel, mais quand je l'eus mangé, il remplit mes entrailles d'amertume. »

Vollard se redresse péniblement. Des livres tombent dans l'ombre. Il a les entrailles pleines d'amertume, mais la bouche aussi. Il veut s'étirer, s'extraire, comprendre ce qui lui arrive. Devant lui, le rectangle du pare-brise obstrué par une épaisse couche de neige. Il respire bruyamment. Ses articulations craquent tandis qu'il étend ses bras, dénoue une fois de plus ses poings. Il pose les mains sur le volant, serre de toutes ses forces.

C'est alors que tout lui revient : la vitesse, la pluie, l'enfant vêtu de rouge, le regard de la fillette sur laquelle il se rue, puis le bruit. Instinctivement, il écrase la pédale, tire le volant à lui, à l'arracher. Alors, ouvrant la bouche, il demeure pétrifié, croyant percevoir l'écho de son propre cri dans la montagne. Les souvenirs des dernières heures comme une main coupée, une main de géant, molle et glacée qu'on lui aurait jetée en plein visage. « *L'horreur… l'horreur…* », ces seuls mots : « *l'horreur…* » Encore un souvenir.

Il ouvre la portière, se dresse péniblement dans la gadoue, renonçant à dégager son pare-brise, à mettre en route sa camionnette, à sortir de là, à conduire. Il ne peut que marcher, vite, mains enfouies dans les poches.

Vollard atteint enfin le centre-ville, tourne en direction des quais obscurs et rejoint les vieux quartiers. Brusquement, sur une place déserte, il se trouve face à sa propre boutique : la librairie nommée *Le Verbe Être — Livres neufs et livres d'occasion*. Encastrée dans la façade sombre, on dirait un aquarium illuminé dans le soir. Poissons de papier suspendus derrière des parois de verre. À travers la porte elle-même vitrée, et dont la poignée imite un livre relié, dos de cuir et nervures, il aperçoit la silhouette de Madame Pélagie, sèche, preste, vêtue de noir. Collaboratrice fidèle, efficace, sans âge.

Il la voit saisir un ouvrage haut placé sur un rayon, se déplacer rapidement, inscrire quelque chose, manipuler d'autres livres, tandis qu'un client de la dernière minute — celui que Vollard avait ironiquement baptisé « Boncassa », l'inévitable Boncassa qui, penché au-dessus d'un vieux bouquin, relève la tête et entame un de ses discours habituels sur la mort annoncée de la littérature, la disparition des écrivains et des vrais livres. De la rue Vollard ne voit que les gestes de Boncassa, mais il devine chaque terme de la péroraison, puis de l'évocation de ce chef-d'œuvre inconnu auquel son client prétend consacrer ses nuits depuis sa jeunesse.

Madame Pélagie. Boncassa. Vieux couple à cheveux blancs. Présences irréelles. Vollard reste figé face à ce théâtre plus étrangement familier que jamais.

Le Verbe Être

Le Verbe Être était une vieille librairie. Boutique obscure, non en raison du manque de lumière mais du nombre de coins et de recoins. Boutique profonde, parquets sombres, usés, et quelques alvéoles plus secrètes. Partout, les livres allongés sur les tables, ou bien debout, milliers de guetteurs silencieux sur les rayonnages de bois.

Lutte quotidienne de l'écriture et de la poussière. Au *Verbe Être,* des cartons débordants, des piles de bouquins menaçant de s'écrouler. Anarchie souveraine. Grandiose anarchie. Un mélange des genres et des titres. Une alchimie joyeuse. Et c'est dans ce repaire que, pour quelques billets, l'on pouvait venir, chaque jour, se procurer de la littérature, grande ou populaire, secrète ou classique.

Un lieu que certains jeunes gens de l'avenir ne pourront pas même imaginer parce qu'il n'en existera plus de semblables, qu'on aura perdu ce mélange de l'ordre le plus minutieux et du foutoir, ce mélange d'affection pour les livres et d'entassement sauvage. Un commerce à petite échelle. Trafic discret mais essentiel. Résistance à tout le reste, par les textes, l'impression. Réservoir anodin mais explosif. Stocks de fusées éclairantes, capables d'illuminer le détail d'une vie aussi bien que des pans entiers d'existence. « *Exemples de choses délicieuses*, disait le sage chinois, *découvrir un grand nombre de contes qu'on n'a pas encore lus. Ou acquérir le deuxième volume d'un récit dont on a apprécié le premier volume…* »

Au-dessus des présentoirs, quelques lampes munies d'abat-jour diffusaient une chaude lumière qui permettait aux lecteurs assoiffés de se pencher de façon intime sur la coupe débordante du texte. Champagne, élixirs du diable, vins capiteux, liqueurs, tord-boyaux et eau pure. Au fond du magasin régnait une pénombre à laquelle il fallait s'habituer, mais certains matins, près de la porte vitrée, le soleil pénétrait avec une telle générosité qu'on ne résistait pas au plaisir d'ouvrir un livre dans la clarté du jour qui tiédissait le papier dont le grain étirait ses ombres, et dont la blancheur s'étalait tel un désert de signes. Lenteur, lumière, lecture : un vrai bonheur !

Dans les dernières années du XXe, et les premières années du siècle suivant, on prophétisait en ricanant que ce genre de lieu n'en avait plus pour longtemps. Fini les petites librairies ! Moribond, ce type de commerce… C'est surtout au papier qu'on en voulait, et à l'encre. L'encre des stylos comme l'encre d'imprimerie : une vieillerie salissante. Mais on en voulait aussi à ces petits réservoirs de pensées, de visions, de paroles qui se déploient, de page en page, tout en demeurant extraordinairement compacts, bien fermés sur eux-mêmes, prêts à être cachés dans une poche, emportés en voyage, et ouverts n'importe où, n'importe quand. Parcourus. Dévorés. Feuilletés. Sans électricité. Sans écrans. « Devine où je suis en train de lire les *Stances* d'Agrippa d'Aubigné, ou le *Traité de la réforme de l'entendement* ! » Dans un train. Le creux d'un rocher au bord de la mer. Dans mon lit. Dans une foule. Dans des chiottes. Un bain moussant. À la lumière d'une lampe frontale au pied d'une dune, en plein vent.

Chaleur des livres achetés dans les librairies, livres précieusement gardés, offerts, ou abandonnés à leur destin surprenant. Déchirures, jaunissement, oubli et redécouverte. Vaste dérive des grands textes… « *Habent sua fata libelli.* »

Histoires de livres. Le libraire Vollard aimait raconter l'histoire de cet homme, gardé en otage plusieurs années durant, au Moyen-Orient, par un groupe politico-religieux et qui trouve, par le plus grand des hasards, dans un recoin, le trou puant d'une cellule, le tome II de *Guerre et Paix*, froissé et moisi, mais traduit dans sa propre langue. Un livre aussi mal en point que lui. À partir de cet instant, pour lui, quelque chose change. Tout change. Un soulagement immense lui vient de ces centaines de feuilles de papier à peine reliées les unes aux autres et grâce auxquelles il reprend goût à la vie.

Vollard racontait aussi l'histoire de cette femme, condamnée à l'obscurité totale d'une geôle soviétique et qui avait gardé en mémoire une pièce de Shakespeare, apprise par cœur dans sa jeunesse. Devenue aveugle, vouée à l'isolement qui rend fou, elle se récite *Le Roi Lear* en anglais, intégralement. Lentement, une lumière se fait dans sa nuit. Elle voit le livre, elle voit le texte. Elle le lit. Elle tourne mentalement les pages. Elle le voit si bien, ce livre qu'elle avait acheté dans une petite boutique quand elle était étudiante, qu'elle entreprend de le traduire en russe, dans le noir, pour elle seule, pour rien, pour que quelque chose d'humain subsiste malgré tout. Elle feuillette mentalement son vieil exemplaire d'étudiante, au cours d'une hallucination extrêmement précise. Et cherchant le terme exact, la musique, l'accord, elle traduit, sans encre ni papier, dans cette attente de la mort.

Le plus souvent, Étienne Vollard se tenait assis au fond de sa librairie. Araignée géante au centre de sa toile. Chaque jour, habitant le vieil appartement situé juste au-dessus du *Verbe Être*, il descendait vendre des livres. Chaque jour, du moins avant l'accident, Vollard le libraire venait s'asseoir au chevet de la littérature. Elle respirait mal. Elle était brûlante. Mais elle respirait toujours.

Longtemps, il avait su capter les signes, accueillir la nouveauté, mais désormais, disait-il, ce qui change ne change plus de la même façon. Changement parodique qui ne change plus rien. Pourtant, sous l'avalanche de la marchandise textuelle, le déferlement de produits éphémères parodiquement appelés « livres », la foule des individus qui écrivent et se font appeler écrivains, le libraire cherchait encore et toujours à extraire un minerai rare, avec constance et fermeté. Et sa mémoire, comme son corps, grossissait.

Ce soir-là, sur la petite place vide, face aux vitrines éclairées, Vollard ne parvint pas à pousser la porte de sa librairie. Impossible de surgir ainsi, crotté, défait, mais surtout dans l'incapacité d'expliquer quoi que ce soit. Il ne pouvait entrer, avancer entre les livres et annoncer, comme ça, à Madame Pélagie fronçant les sourcils, ou à Boncassa qui se foutait de tout ce qui se passe ailleurs que dans un bouquin : « Vous savez, hier, à cinq heures, sur l'avenue, j'ai écrasé une gosse ! » Non. Alors, il s'engouffra dans l'allée noire qui conduisait à son appartement.

II

Première rencontre

Je sais très peu de choses de la vie d'Étienne Vollard. Des blancs immenses. Une grande incertitude. Pour parler de cet homme, j'ai dû me soumettre à un vieux rituel romanesque qui me donne la nausée. Me voilà embarqué et c'est un peu comme si je m'éveillais sur le pont d'un rafiot fantôme, en pleine mer, ballotté, malmené, entraîné par divers courants. Entre malaise et fébrilité.

Le fait est que l'histoire de Vollard se cramponne à ma cervelle, griffes et suçoirs, bec et ongles... Je le revois bien sûr avant l'accident, au milieu des livres, dans le vieux quartier de cette ville où je venais d'obtenir un poste. Mais je le revois aussi enfant traversant fugitivement ma propre enfance, comme je le revois jeune encore, quelques années plus tard. Et le grand cri nocturne de Vollard, dans la montagne de Chartreuse, je l'entends distinctement la nuit où je garde les yeux ouverts.

Il y a ce cauchemar que je fais souvent ; je me trouve dans un véhicule que je ne contrôle plus, et mes jambes sont trop petites pour atteindre les pédales, seul, sur le point de broyer un corps qui est la fragilité même, visage d'argile, grands yeux effrayés.

Il m'arrive aussi de songer à ces milliers de livres parmi lesquels Vollard a vécu, ces textes engrangés depuis l'enfance dans sa mémoire admirable. Aujourd'hui encore, ouvrant au hasard un livre de ma bibliothèque, il m'arrive de déchiffrer lentement un passage avec la certitude que Vollard, lui, aurait été capable de le réciter, de déclamer ces lignes, articulant chaque phrase avec ardeur ou bien laissant couler les mots, dans une sorte d'oubli du sens et d'abandon à la seule fluidité sonore.

> *« Je suis comme un chat brûlé vif,*
> *écrasé sous les roues d'un gros camion,*
> *pendu par des gamins à un figuier,*
> *mais avec encore au moins six des sept vies qu'il possède,*
> *comme un serpent réduit en bouillie de sang,*
> *une anguille à moitié mangée… »*

Classant une fois de plus mes livres, je me dis qu'après tout, moi aussi, j'aurais bien aimé devenir libraire, passer le plus clair de mon temps dans la compagnie des écrivains. Les découvrir, les faire lire, les aider à se vendre, favoriser cette prostitution splendide, m'entremettre pour cette marchandise-là. Trafiquant de drogue littéraire. Libraire fin de siècle.

Qui saura, dans un avenir pas très lointain, ce que représentaient, pour des gens comme moi, les libraires et les librairies ? Ce que signifiait, dans une ville, grande ou petite, la présence de ces lieux où l'on pouvait entrer dans l'espoir d'une révélation. Qui se souviendra de la façon paisible dont on pénétrait dans ces antres à l'odeur de papier et d'encre ? De cette façon de pencher la tête pour déchiffrer un titre nouveau, puis un autre, des noms d'auteurs familiers ou inconnus, afin de glaner des indices et des signes vivants sur les couvertures claires ? « *Le seul vrai lecteur, c'est le lecteur pensif.* » Qui se souviendra de cette façon de poser l'index au sommet de l'ouvrage pour le basculer en arrière, l'attirer à soi, l'ouvrir, le parcourir. Lire la quatrième de couverture. Debout, dans le bruit des pages tournées, découvrir les quelques mots qui paraissent s'adresser précisément à soi. L'inespéré noir sur blanc. Intime universel. Musique silencieuse.

Au fond de la boutique, le libraire se tient en retrait. Une discrétion nécessaire. C'est lui qui a permis la rencontre, qui a disposé les livres d'une certaine façon, les a présentés, rapprochés. C'est lui qui règne sur la boutique, gardien de troupeau, berger des lettres, qui en sait long sur les plaisirs singuliers et les goûts de ses clients. C'est lui qui fut souvent le premier à découvrir un grand texte, qui trouve les mots pour parler des mots, qui annonce le prix, forcément dérisoire, de ce qu'il sait inestimable.

Est-ce pour cela qu'Étienne Vollard me préoccupe à ce point ? Est-ce le libraire ou l'écraseur ? Le libraire écraseur ? Ou bien l'hypermnésique ? La bibliothèque vivante qu'il aura été toute sa vie ? L'homme courbé par un malaise et un malheur ? Je ne lui ressemble pourtant pas. Je ne suis ni grand, ni gros, ni solitaire, ni hypermnésique, et je n'écrase des enfants que dans mes cauchemars. Ma mémoire n'est pas particulièrement bonne, ce qui me contraint à relire, à vérifier références et informations dans ma propre bibliothèque, je mène une vie plutôt paisible et je suis intellectuellement laborieux.

J'ai connu Vollard il y a très longtemps. Son enfance a croisé la mienne. Plus tard, très vite, je l'ai revu, mais c'est très récemment que je suis entré dans sa librairie, quelque temps avant qu'il ne renverse la petite fille. Ce jour-là, il ne m'a pas reconnu. Et je ne me suis pas fait connaître. J'étais un client de passage. Il se tenait derrière une vaste table grise couverte de livres et de paperasse. Je vis qu'il fourrait des billets et des chèques dans une boîte de cigares. Nous ne nous sommes rien dit. Maintenant, l'histoire de Vollard, comme une grande prématurée, exige sa venue au monde. Tout en moi se contracte afin de l'expulser. Et tout en moi la retient encore.

La première fois qu'il m'est apparu, j'étais en classe. Pas au premier rang, évidemment, mais un peu perdu au milieu des quarante garçons de treize ou quatorze ans qui s'entassaient dans une salle du plus vieux lycée de Lyon. C'était un matin d'automne, quelques semaines après la rentrée scolaire. Je devais avoir à la fois sommeil et mal au cœur, et tout ce que pouvait expliquer le professeur de mathématiques, un grand homme maigre au crâne luisant qui bourrait de craies de toutes les couleurs les poches de sa blouse grise, ne troublait pas ma somnolence discrète, dans cette chaleur odorante qui, succédant au froid vif des rues, me permettait de prolonger un peu ma nuit.

La porte s'ouvre par surprise. Les quarante corps se dressent dans un vacarme de chaises reculées. Le proviseur est là, avec sa moustache très blanche et son costume bleu foncé à fines rayures. Il serre la main du professeur, nous fait face et nous dit que nous serons désormais quarante et un élèves puisqu'il vient nous présenter un nouveau camarade. Le garçon ne nous regarde pas. Ses bras l'encombrent. Il est déjà plus grand que le proviseur, plus gros. Engoncé dans une épaisse veste de velours noir, culotte courte, chaussettes tire-bouchonnées… Les joues rondes, les yeux cernés. De longues cuisses épaisses, des genoux énormes, très rouges, un front immense, mais surtout ce brasier sur la tête, cette tignasse d'un roux éclatant, d'un vrai roux ne tirant pas du tout sur le jaune.

« Faites une place à Monsieur Vollard », doit dire le proviseur. Encore du vacarme, des raclements de chaise, et immédiatement il se trouve parmi nous, imposant, remarquable. Sans raison, on est plusieurs à croire qu'on nous adjoint, pour des raisons mystérieuses, un garçon vaguement anormal, en tout cas très retardé. Il paraît beaucoup plus âgé. Le cours reprend, mais chacun observe à la dérobée le nouveau venu, qui écoute attentivement le professeur aux mains multicolores. À lui seul, il semble occuper deux ou trois places au moins. Il a des yeux très noirs, très vifs, un regard que personne n'a envie de croiser.

Quand le prof lui demande s'il comprend la leçon, il murmure « oui » en hochant la tête. Pourquoi, alors que l'élève n'a encore rien dit ni rien fait, ce oui déclenche-t-il l'hilarité ?

— Là où vous étiez, Monsieur Vollard, avez-vous travaillé les mathématiques ?

— Oui.

Et les rires de redoubler. Je n'ai même plus sommeil, je m'esclaffe comme les autres. Toute la classe sent qu'elle va bien s'amuser avec ce grand rouquin. Dans nos rires, une menace imprécise masque sans doute une peur inavouable. Le rouge. La taille des membres, des mains. Un groupe de garçons entrevoit de prochaines occasions de s'exercer à la cruauté.

À la première récréation, on le laissa à l'écart. Seul, adossé au mur de la cour, les mains remuant dans les poches de sa veste, regardant ses souliers. À la deuxième récréation, on s'approcha du nouveau, lui lançant quelques quolibets concernant son poids et surtout ses cheveux. À la troisième, on le bouscula un peu comme pour tester comment cette masse allait se comporter. On le poussait par-derrière et puis on repartait en courant. Mais Vollard ne réagissait pas, esquissant des gestes de lassitude avec ses grands bras, ou secouant la tête d'un air consterné. Très vite on remarqua qu'il cachait des livres dans ses poches. Subrepticement, des mains prestes y plongèrent et arrachèrent un livre mystérieux. C'est alors seulement qu'il broncha et se précipita pour reprendre son bien. Sa fureur ne parut pas terrible mais amusante. On le fit courir. Il ne cherchait pas à donner une correction à son voleur : seul le livre lui tenait à cœur. Dès qu'il approchait, on se lançait le bouquin d'un bout à l'autre de la cour. Vollard tournait en rond. Il fonçait violemment vers son livre comme un taureau obnubilé par l'étoffe rouge. Ce fut le début de corridas formidables. Et le précieux livre mis en pièces.

Quoi qu'il fasse, des rires accompagnaient Vollard, des applaudissements, des « olé ! » Il ne se fâchait pas, ne fonçait pas dans le tas, n'utilisait jamais ses poings énormes ; tout ce qu'il demandait, quand on se livrait à d'autres jeux, c'était de se tenir debout, adossé au mur de la cour, et s'absorber dans les feuillets qu'il extrayait de ses poches.

Son physique n'était pas l'unique cause de notre méchanceté. Vollard paraissait nimbé de solitude. Un ruissellement constant sur son corps, dans ses yeux sombres, dans ses gestes, et même son sourire, car il nous souriait parfois, pas tristement ni servilement, mais lumineusement. Il faisait souvent une sorte de moue, la lèvre inférieure vaguement tombante, la bouche entrouverte, et brusquement un sourire immense éclairait son visage. Que voyait-il ? Ce n'est pas à nous qu'il souriait mais à quelque chose d'infiniment plus vaste. C'était un sourire de solitude. Il devait connaître un bonheur secret, fugace, un bonheur interdit aux garçons ordinaires et brutaux, et cette idée décuplait notre rage. On racontait aussi qu'il n'avait pas de parents. D'où arrivait-il ? Qu'avait-il vécu que nous ne pouvions pas même imaginer ? Le soir, après les cours, il se glissait dans les rues étroites où nous n'aurions pas osé le suivre. On disait qu'il avait une « famille d'accueil »…

En classe, ce n'était pas un élève excellent, il bâclait ses devoirs, froissait maladroitement ses cahiers. Mais un jour, chacun dut admettre que la mémoire d'Étienne Vollard était phénoménale. Encore une occasion de bien rire. Tout ce qui devait être appris par cœur, Vollard le restituait avec la plus grande précision. Premier en récitation, évidemment, il apprenait toutes les poésies du livre de français. Il aurait pu être premier en histoire, comme dans toutes les autres disciplines, assimilant, avec une facilité déconcertante et à la virgule près, le contenu de nos manuels, mais quand il s'agissait d'écrire, il griffonnait quelques sentences laconiques, commentaires lapidaires, et rendait sa feuille.

C'est debout sur l'estrade, chevelure rouge éclatante devant le tableau noir, qu'il était le plus spectaculaire. Il nous dominait. Il était une tour absurde dont nous ne redoutions pas l'écroulement.

— Voyons, au tableau..., disait le professeur, voyons, voyons... Vollard !

Et toute la classe de s'esclaffer. C'était automatique : à la seule prononciation de son nom, tout le monde riait. « Vollard-gros lard ! » Et je n'étais pas le dernier. J'avais même contribué à mettre un de ses livres en pièces, non sans avoir déclamé, sans rien y comprendre, quelques phrases au hasard.

— Allons, Vollard, dépêchez-vous et ne renversez pas tout sur votre passage !

Les garçons, assis derrière lui, bloquaient de toutes leurs forces la chaise de Vollard avec les pieds afin de le coincer le plus longtemps possible contre son pupitre. Patiemment, il se dégageait. Sur son passage, trousses et règles métalliques tombaient sur le plancher. Il grimpait sur l'estrade, mais à l'instant où le professeur le priait de réciter la leçon, un vrai silence se faisait. Nous savions que les mots allaient couler de ses lèvres, avec l'exactitude du texte imprimé. Gros garçon-livre qui nous inspirait ce respect haineux, cette admiration pleine de ressentiment. Plus belle était la performance, plus cruelles seraient les récréations.

Vollard se laissait entraîner dans une partie dérobée de la cour, derrière les gros platanes ou près des pissoirs. Nous formions le cercle autour de lui et le contraignions à réciter n'importe quoi. Nous avions des exigences perverses. L'un de nous, le doigt suivant péniblement les lignes d'un roman de la bibliothèque, vérifiait que la victime ne commît pas une seule erreur. Vollard s'exécutait. À la moindre hésitation, pour la plus infime variante : un coup de règle sur ses gros genoux, une pointe de compas dans les fesses ! Nous le considérions comme une bête de cirque alors qu'il était un phénomène mental, une force de la nature qui ne s'exerçait pas.

Vite lassés par ce numéro, on ne le laissait pas tranquille pour autant.

— Allez ! On joue au gendarme et au Vollard !

Le cercle s'ouvrait. Nous poussions Vollard, qui prenait lentement son élan et commençait à courir lourdement autour de la cour. Il était l'unique voleur et nous tous étions les gendarmes. La bête rousse poursuivie par la meute, qui la laissait s'essouffler, s'épuiser, devenir écarlate.

Lorsqu'il ralentissait, s'arrêtait, nous le pressions de courir encore. Quand il s'écroulait contre le tronc d'un platane, une grêle de coups de souliers s'abattait sur ses côtes et sur ses cuisses. Nous lui tirions les oreilles, lui arrachions les cheveux par poignées. Une fois, nous lui avions même frotté le nez sur le sol de la cour. Il saignait, mais ne se plaignit pas. Lorsque la sonnerie retentissait, vite, on l'aidait à se redresser. À dix ou douze, nous le hissions, le brossions, lui remontions ses chaussettes, l'obligions à s'essuyer le nez avec sa manche, et l'entraînions vers la classe. Volumineux jouet vivant qui nous appartenait. Une masse apparemment inoffensive.

Pour trouver un peu de paix durant les récréations, ou bien entre midi et deux heures, puisqu'il n'allait pas à la cantine, ne mangeait pas ou grignotait un bout de pain, Vollard se réfugiait souvent dans une salle vide. Il aimait lire debout. Tête baissée, absorbé et absorbant, lecteur absolu. Un jour qu'il se tenait ainsi, devant une fenêtre largement ouverte, dans le soleil qui chauffait ses joues et sa page, cinq garçons sont entrés silencieusement. Vollard leur tournait le dos.

Il était dans une solitude terrible, mais il éprouvait aussi un étrange plaisir, un plaisir évident que le troupeau des lycéens ne pouvait supporter. Il lisait avec une telle ferveur qu'il n'entendit pas la porte grincer légèrement ni craquer les lattes du vieux plancher. Il ne perçut pas le plus léger courant d'air, ne huma pas l'odeur des sueurs adolescentes. Approche sournoise. Rires étouffés.

Soudain, les cinq garçons empoignèrent Vollard, pourtant lourd et imposant, par le fond du pantalon, le soulevèrent, le hissèrent et le jetèrent par la fenêtre… D'autres s'étaient groupés dans l'embrasure de la porte et tout le monde se réjouissait de ce forfait qu'ils applaudissaient comme un exploit. Il faut dire que Vollard lisait dans une salle du rez-de-chaussée et qu'on ne le défenestrait guère que d'un mètre environ. Mais le geste restait le même. Vollard était tombé lourdement sur le sol de la cour et s'était sans doute fait très mal. Son livre lui avait échappé durant l'attaque éclair. Des garçons le ramassèrent et le lui jetèrent au visage. Les pages battirent vainement dans le soleil. Trop lent, trop indécis, je n'avais pas eu le temps de m'emparer du bouquin, de le garder discrètement pour moi, d'attendre d'être rentré à la maison pour le lire, en proie, de toute évidence, à une émotion bizarre. Car j'étais là bien sûr… spectateur, enfin je l'espère, mais j'étais là… Ensuite, la meute rieuse se rua dans la cour pour retrouver Vollard, l'aider à se redresser et l'épousseter, tout en lui assénant de grandes tapes sur les épaules.

Souvenirs honteux et confus de ma première rencontre avec Étienne Vollard. Mêlé le plus discrètement, le plus lâchement possible, aux persécuteurs, j'avais pour le nouveau venu une inavouable fascination dont je n'aurais jamais osé faire part aux élèves de ma classe. Craignant de ne pas leur ressembler assez, je ne pouvais manifester mon envie brûlante de connaître les livres énigmatiques.

Le jour où je fourrai dans mon pantalon plusieurs pages froissées, volées à Vollard, mon cœur se mit à battre. Rentré en classe, installé à un anonyme troisième rang, je tremblais à l'idée qu'on me prenne pour un traître, qu'on me soupçonne de désavouer nos jeux cruels avec Vollard. J'attendis le soir pour extraire enfin mon butin, et déchiffrer lentement un passage sans intérêt particulier.

Est-ce cette nuit-là que je rêvai que je l'approchais, que nous parlions ? Il était seul sous un arbre. Il lisait en faisant sa moue, bouche ouverte, sourcils froncés. Quand un craquement lui révélait ma présence, il relevait la tête et m'adressait son lumineux sourire, comme s'il se réjouissait de me voir apparaître. Dans mon rêve, nous ne parlions pas, mais d'un geste, il me désignait, cachés dans le creux de l'arbre, des livres superbes. D'un mouvement du menton, il semblait m'encourager à m'en emparer, à les lire.

Le lendemain, affreusement gêné par ce rêve, je fis voir au troupeau ricanant avec quelle ardeur je pouvais poursuivre et maltraiter notre Vollard-voleur. Je jouais donc ma comédie de sale petit coyote s'en prenant au mouton solitaire. Comédie bien vaine, qui décuplait mon malaise d'enfant, car l'étrange combinaison entre cette force inemployée, cette mémoire prodigieuse et le pouvoir magique qu'avait Vollard de faire surgir chaque jour de nouveaux livres, dans lesquels il se plongeait dès qu'on le laissait un peu tranquille, m'attirait malgré moi.

Malaise : ignorer à quel point on se déteste soi-même. Mauvaise foi : ignorer et pourtant savoir que l'on se vautre dans une méchanceté salissante qui, par des fils de bave et de sang, rejoint toutes les cruautés du monde, même les plus atroces. Les enfants, en bande, ont des dispositions pour cela. Leur prétendue innocence est aussi une façon d'être innocemment nocifs !

Derrière ma fascination pour Vollard-le-lecteur, je ne suis pas sûr que ne se cachait pas une autre attirance. Au lycée il se murmurait qu'avant son arrivée dans la « métropole » il avait vécu de l'autre côté de la mer. Il avait connu l'énigmatique et éblouissante lumière sur les choses, l'odeur de la poussière et des épices, les voix chantantes dans les ruelles, les soirs interminables au bord des vagues, mais cela signifiait surtout qu'il avait connu ce que personne ne nommait encore « la guerre ». Il se murmurait au lycée, avec d'infinies précautions et une sorte d'effroi, que les parents de Vollard, un couple d'instituteurs, avaient été égorgés, une nuit, pour des raisons mystérieuses, tandis que leur fils dormait. Là-bas, de telles atrocités avaient lieu chaque jour, des atrocités dont les jeunes gens de ladite « métropole », à l'abri de leur vieux lycée, ne pouvaient se faire une idée. Cris, coups de feu, torture, massacres, gorges ouvertes et d'autres choses plus abominables encore. Mais tout cela se murmurait… Qu'avait-il vécu cet imposant garçon, et qu'oubliait-il, que cherchait-il en lisant sans cesse ? Quel mystère sanglant sous les pages ?

Le jour où Vollard mit fin lui-même à son martyre imbécile qui s'étirait de récréation en récréation, où il montra brusquement ce que pouvait sa force, j'éprouvai un plaisir complètement inattendu, mais immense, presque sensuel. Pour un peu, j'eus souhaité que ce fût moi qu'il choisît de démolir.

Il se trouvait une fois de plus au milieu de ses persécuteurs, le cercle fermé des rieurs et hurleurs. « Allez, Vollard, récite ! » « Attention à tes fesses », hurlait un brandisseur de pointe de compas. « Il me reste une poignée de cheveux de la dernière fois ! », proclamait un petit malingre à tête de rat, aux ongles sales.

Mais Vollard se tait. Il domine. Des flammes sur son crâne volumineux. Il se tait. Plante ses yeux noirs dans les yeux de chacun, un par un. Personne ne voit que quelque chose au fond de lui est en train de se ramasser, de se concentrer. On rit encore. On l'excite. « Alors, gros lard, un trou de mémoire ? Tu préfères courir ? » Mais Vollard ne répond pas et tourne très lentement sur lui-même, tandis que le cercle s'élargit imperceptiblement.

Soudain, l'une de ses grandes mains s'avance en direction d'un élève. Il le saisit par le col et commence à tordre le tissu de la chemise, jusqu'à étrangler le garçon qui gémit et ne peut plus rien articuler. Puis sa main libre saisit de la même façon celui qui tient le compas mais ne songe plus à s'en servir. Il les tient, écarlates, à bout de bras. Il les pousse, les soulève légèrement. Dans le cercle qui se défait, on ricane encore un peu, puis on se tait. Vollard fait un pas en avant, puis un autre. Le cercle s'ouvre devant lui, d'autant qu'il se sert de ses proies pour taper dans les corps qui ne s'écartent pas assez vite. Il avance, tordant, étranglant, brandissant ses anciens bourreaux devenus des loques gargouillantes.

Il avance. Il paraît étrangement calme, mais déterminé. Il se dirige vers la paroi de béton contre laquelle nous venons uriner côte à côte et dix par dix à chaque récréation. Vollard s'approche. Aucun de nous ne réagit. Nous ne sommes plus une bande. Nous ne sommes plus des gendarmes, des complices, mais des solitudes apeurées.

Face au large pissoir Vollard s'arrête. Il nous présente les deux gueules congestionnées couvertes de larmes. Je me dis qu'il va les tuer. Je m'en réjouis, mais je sens un léger pincement de dépit : pourquoi Vollard ne m'a-t-il pas choisi, moi ? J'étais bien aussi méchant avec lui que ces deux-là ? N'avais-je pas déchiré un de ses livres ?

À nouveau, Vollard nous tourne le dos. Ses proies, qu'il n'a pas lâchées, il leur écrase la tête contre la paroi où l'eau ruisselle, il frotte leur visage sur le béton rugueux et dans l'eau qui emporte le sang qui coule de leur nez. Il les tient là, dans l'odeur de la pisse stagnante, un interminable moment. Quand enfin il les lâche pour les jeter un peu plus loin, le silence est total. Chacun pour soi. Tous s'éloignent à reculons.

Alors, Vollard, qui nous tourne toujours le dos, pisse longuement. Quelques minutes plus tard, il lit déjà, dans un coin de la cour. Personne ne songe plus à l'inquiéter. Plus personne ne l'inquiétera jamais. Les deux élèves maltraités n'ont pas osé se plaindre. Une brume de honte plane sur la cour. Nous ne voulons plus parler de cela. Nous ne voulons plus nous en souvenir. J'éprouve un malaise qui m'épouvante. Moi aussi j'aurais voulu étouffer et saigner.

Plus tard, nous avons appris que Vollard avait dû quitter l'école, qu'il était allé vivre dans un autre foyer, une autre ville.

Un détail me revient. Est-ce un détail ? J'ai longtemps conservé une page arrachée à un livre de Vollard au cours d'une de nos séances de persécution. Page soigneusement défroissée, puis lue et relue dans le vain espoir de percer un mystère. C'est vraisemblablement d'une mythologie grecque qu'elle provenait, puisque j'y déchiffrai un fragment de l'histoire de Dédale et la construction du labyrinthe dans lequel l'habile ingénieur s'enfermait au fur et à mesure qu'il l'inventait et le fabriquait. Son fils, Icare, embarqué bien malgré lui dans cette aventure. Icare subissant cette tâche en pestant, mais en obéissant.

Je lus encore quelques mots concernant l'autre invention de Dédale, la machine volante qui devait permettre de s'évader du labyrinthe. Plumes d'oiseaux, poix, branchages : confection de vastes ailes afin d'échapper à ce dans quoi on s'est enfermé.

Mon fragment s'achevait sur l'envol serein de Dédale : une façon de se précipiter dans l'espace en volant suffisamment haut pour éviter les murailles ; pas trop cependant pour que le soleil ne fasse pas fondre la poix des ailes. Longtemps, j'ai associé le souvenir de Vollard à ces images mythologiques. Vollard-Dédale ! Le labyrinthe des phrases lues et cimentées par la mémoire... Vollard-Icare ! L'horreur de ces milliers de phrases mémorisées. Désir de légèreté.

Vollard-Icare montant très haut dans le bleu du ciel, dans la chaude lumière, avant de retomber, ailes arrachées, verticalement dans le gouffre amer. C'est ainsi que des êtres traversent notre vie, y déposant des larves innommables. Ils y pondent les œufs d'une suite imprévisible, puis ils disparaissent tandis que ces larves ou ces œufs semblent mourir et pourrir. Mais un jour…

Trois apparitions

Vollard s'est trouvé une deuxième fois sur mon chemin (si tant est que j'en aie un !). C'était à Paris, durant ces mois de mai et juin qui, dit-on, firent de notre jeunesse une génération. Je me souviens d'un tourbillon de gestes noirs et de mots rouge vif. Ces journées donnaient l'impression joyeuse de ne devoir jamais finir, de transformer le temps en une seule journée immense et singulière, remplie de tentatives radicales. Je me souviens de nuits violentes se déversant dans le jour, et du jour, toujours neuf, glissant ironiquement dans la nuit. Je me souviens de relations inédites aux autres corps, à l'espace, au temps.

Revenant à cette époque, je ne pense jamais à Vollard. Tendance à oublier, à effacer sa présence. Et pourtant…

Je revois surtout des foules. Impression que nous étions toujours au sein de groupes nombreux. Du monde, beaucoup de monde, l'impression de connaître chacun, d'atteindre d'emblée le noyau de chaque présence. Ombre du nombre qui ondulait, qui battait de façon presque cardiaque, avançait dans une brume de paroles, de slogans, de poings, de bouches ouvertes, de corps qui s'offraient comme des fruits, chemises ouvertes, mains noires, rues verticales, milliers de casques rouges lancés dans le soleil. La foule et la rumeur régulièrement déchirées par l'odeur du gaz et les sirènes des ambulances.

Quelque chose en moi veut oublier que Vollard était là, lui aussi. Je l'ai immédiatement reconnu à sa taille, à sa corpulence, ses cheveux rouges, ses mains, ses poings. Quelque chose en moi veut oublier que je l'ai croisé et longuement observé, trois fois et dans les lieux les plus emblématiques de cet événement historique printanier, sur ce théâtre d'émeutes nocturnes. Pourquoi oublier sa présence alors qu'il était bel et bien là, comme un rappel, un repère, une grande balise rouillée, un phare éteint diffusant par intermittence une clarté obscure ?

Il faut dire que je m'acharne encore à garder de cette époque un sentiment d'évidence et d'ouverture. Je protège le souvenir d'une brèche par où nous arrivait un air frais, un air inconnu jusque-là, musical et vif, un fil lumineux, fil futur sur lequel nous marchions sans avoir appris. Mais l'ambiance était aussi aux simplifications les plus outrancières, aux grandes recettes magiques-historiques, et nous confondions, en toute innocence, les deux visages de la facilité : chance et grande paresse.

J'ai traversé ces jours et leurs différentes vitesses, sans moments de vraie lecture... Jamais je n'ai pris le temps de lire, comme j'aimais et savais lire, durant ce printemps-là. Où et quand aurais-je lu ? Il y avait l'urgence de l'aventure. Toujours quelque chose à faire. Toujours du nouveau.

Dans le temps dilaté, on souffrait d'une sorte d'intoxication à l'acte, d'une intoxication à l'assemblée générale, au discours général, à l'organisation et au collectif, qui nous obligeait à tenir à distance la solitude et la singularité. À nous en méfier ? Même les anarchismes avaient quelque chose de complètement grégaire.

Alors, Vollard ? Le reconnaître brusquement, au milieu d'une foule très dense et bigarrée, dans cette grande cour de la Sorbonne occupée par les étudiants, me fit un choc. Car c'était bien lui. Impossible d'avoir le moindre doute. Je ne l'avais pas vu depuis son départ précipité du lycée, alors qu'à quatorze ans il avait déjà presque sa taille d'adulte, des souliers montants gigantesques, de grandes mains et de grands bras et cette trogne de rouquin avec des lunettes aux verres épais. C'était lui, à la Sorbonne, sept ans plus tard !

Et que faisait-il durant ces journées troublées ? Que faisait Vollard tandis que l'activisme était à son comble, que des assemblées se formaient, se déformaient, se reformaient, que des slogans s'écrivaient sur les murs, vite et juste, peinture noire, tracts, brochures ? Que faisait-il tandis que des textes bavards, collés sur le présent pour annoncer le futur, étaient rédigés et ronéotés à la hâte ? Que faisait Vollard tandis que de jeunes infirmiers improvisés soignaient tant bien que mal de jeunes blessés, que des filles aux cheveux défaits interpellaient avec ardeur de grands garçons dont les cheveux commençaient à pousser ?

Que faisait-il quand tout le monde parlait à la fois, que chacun proposait, dénonçait, annonçait ?

J'étais dans cette foule de la Sorbonne, vaguement grisé par ce vaste « nous » déployé et hérissé d'idées, de gestes et de voix. Un « nous » sans doute illusoire mais impensable quelque temps plus tôt.

C'est alors que Vollard m'apparut. Pourquoi cela me mit-il aussi mal à l'aise ? Dans un tel tourbillon, on ne cessait de rencontrer d'anciennes connaissances. Les visages perdus de vue depuis des années se détachaient soudain, à la fois mûris et rajeunis, parmi des milliers d'autres.

Il se tenait debout sur les marches qui conduisent à la chapelle, une épaule appuyée contre le socle couvert d'affiches de la statue de Victor Hugo. Solitaire, immense, vêtu d'une grande veste informe, jambes croisées, tête penchée, pensif et comme indifférent à tout ce qui se passait autour de lui, Étienne Vollard lisait, oui, avec la même tranquillité que s'il se fut trouvé sur une lande ou un rivage, il lisait un livre qui dans ses vastes paluches paraissait petit mais précieux.

Ainsi posté en haut des marches, il dominait toutes les assemblées, les mouvements, la cacophonie des paroles. Vollard statue vivante, adossé à la statue d'un écrivain devenu invisible. Vollard lisait comme je l'avais vu lire autrefois dans la cour du lycée. Il lisait comme s'il se fût trouvé devant une fenêtre grande ouverte. En pleine montagne. Au bord de la mer.

Il habitait le lointain intérieur. Nous nous agitions dans une extériorité vaguement risible. Je me suis approché, abrité par tous les corps occupés à occuper la Sorbonne.

Depuis le début des événements, j'étais naïvement persuadé d'une justesse possible des gestes, d'une coïncidence des jours vécus au jour le jour avec quelque chose que nous appelions l'Histoire, et voilà que le choc occasionné par la présence de Vollard produisait en moi une fêlure étrange qui commençait à avancer en zigzag, à se ramifier avec une autre plus ancienne, à s'élargir imperceptiblement.

J'étais dans cette béatitude événementielle. Mais l'apparition de Vollard me troublait, empêchant soudain toute adhésion. Que se passait-il ? Certes, les images affluaient comme un mauvais sang : Vollard contraint à réciter sous une pluie de quolibets, Vollard contraint à courir jusqu'à épuisement, les pointes de compas, les coups de pieds, les rires. Les livres, volés, déchirés. La défenestration. Mais il s'agissait d'autre chose. Sous cette surface de honte, se tenait le fameux rêve où Vollard me désignait un arbre creux plein de livres, l'envie de lire comme lui, de découvrir ce qu'il lisait, de m'en emparer, d'y trouver un secret. Plus profond encore, le plaisir que j'avais pris à le voir cogner jusqu'au sang les têtes de ses persécuteurs. Vollard capable d'étrangler, de tuer avec calme mais de se retenir, tout aussi calmement.

À un moment, je me suis trouvé, devant la statue de Hugo, juste au-dessous de Vollard qui, bien sûr, lisait toujours. Levant les yeux, m'aurait-il identifié ? Je ne sais pas. Pas un instant, ce jour-là, je n'ai songé à lui adresser la parole. Lui parler ? Au nom de souvenirs tellement pénibles ? Non ! Rien à lui dire. Rien à échanger. Planètes différentes. Si je me suis approché, c'est uniquement pour savoir quel livre Vollard pouvait bien lire, seul, dans le soleil de mai. Car j'avais soudain la certitude inexplicable que le sens, si jamais il y avait encore un sens à trouver, que le sens des choses, de nos vies, de ce qui arrive, n'était pas en train de s'élaborer à travers les actes et les paroles d'une foule jeune et insurgée, mais que le sens, oui, si sens il y avait, sens obscur, discret, déroutant, se trouvait à l'instant concentré, noir sur blanc, dans les pages que la chair de Vollard protégeait comme un trésor. Radioactivité de ces pages mystérieuses.

Je ne pus rien savoir, car le corps de Vollard fut soudain parcouru par un frémissement de gros animal, chien-ours, sphinx-ornithorynque, et il regarda autour de lui avec une bienveillance un peu triste, tandis qu'une fille très belle descendait les marches, tout près de lui. Il eut alors ce sourire lumineux que je lui avais vu, autrefois, dans mon rêve. Je compris qu'il voyait tout, à sa façon, mais comme il y a la position du « tireur couché », lui, c'était à partir de cette position de « lecteur debout ».

Alors il enfouit le livre dans la poche de sa veste et lentement, fendant la foule, se dirigea vers la sortie, vers les rues en effervescence du quartier. Je ne tentai pas de le suivre. Mystère définitif du texte qu'il lisait avec tant d'attention.

Il y eut d'autres apparitions de Vollard durant ce printemps fiévreux. Apparitions ? Visions ? Une fois, je crus le reconnaître brusquement, tout près de moi, parmi la foule carnavalesque qui venait d'occuper le théâtre de l'Odéon. Vollard à la fois en retrait et au cœur de l'événement, toujours lisant, tête penchée, mais cependant bizarrement attentif. Les miettes et les couleurs de tout ce qui se passait aspirées, happées dans le grand trou blanc des livres qu'il emportait partout avec lui.

Apparition ? Hallucination ? Non, c'était bien lui, ce type aux cheveux et à la barbe rouges, dominant d'une tête l'assemblée permanente et improvisée. Lorsqu'il levait les yeux, derrière ses grosses lunettes, il paraissait scruter les visages, les mouvements des corps, avec une intensité extraordinaire et une sorte d'étonnement.

Soudain, dans le brouhaha, le chaos discipliné de ce rassemblement, Vollard est interpellé par un garçon très excité qui s'est laborieusement improvisé président de séance, organisateur éphémère du chaos ambiant.

— Il y a un camarade là-bas qui demande la parole ! crie le garçon en désignant Vollard, qui ne demandait rien mais qui peut-être avait fait un geste ambigu.

Pourquoi ce meneur provisoire veut-il soudain donner la parole à Vollard, alors que des dizaines de mains se lèvent, que des voix tentent de se faire entendre ?

— Oui, le camarade aux cheveux roux, là-bas... Parle, camarade !

Je crois me souvenir de l'immense étonnement de Vollard, relevant la tête, abaissant son bouquin. Centaines de regards tournés vers lui. Un semblant de silence.

Vollard bougonne quelque chose :

— Je ne suis pas votre camarade... Et je n'ai pas demandé la parole.

Mais comme le leader d'occasion se fait insistant, Vollard, se redressant encore, dominant l'assemblée, fait en souriant cette déclaration étrange et décalée :

— Je n'ai rien demandé. Surtout pas la parole. Plutôt le silence. Continuez à parler entre vous… Je n'ai rien à dire.

On avait entendu Vollard sans vraiment l'écouter. Il planait sur ces assemblées turbulentes une étrange vapeur de tolérance. Il importait avant tout de parler, mais ce qu'on disait se noyait dans un maelström de paroles. Nouveau brouhaha. Nouvelles déclarations, nouvelles proclamations. À propos de tout autre chose.

Cependant, dans l'entourage immédiat de Vollard, ce mélange d'approbations paradoxales et de protestations indignées : « Quand on n'a rien à dire, on ferme sa gueule, camarade ! » disait l'un. « Non, camarade, disait un autre, il faut aussi pouvoir dire qu'on n'a rien à dire ! »

Et Vollard, avant de se replonger dans un bouquin, riait comme après une bonne plaisanterie. « *C'est mon art le plus cher et ma plus chère méchanceté d'avoir appris à mon silence à ne pas se trahir par le silence.* »

Dois-je évoquer la troisième apparition de Vollard au cours de cet étrange printemps ? Souvenir qui me comble et me gêne à la fois ? C'était une des dernières nuits d'affrontements, une nuit comme il y en avait eu beaucoup d'autres, mais celle-ci était excessive et amère. La violence s'était répandue dans la ville offerte. Rive droite. Rive gauche. Des choses qu'on entasse dans l'urgence. Des choses qui flambent. Des mouvements de troupes bariolées, mais déterminées. Des chants, des cris puis des flux de casques noirs, autre troupe compacte et hostile, hérissée de fusils, de matraques. Éclats du métal. Explosions. Fumée. Bientôt, les sirènes des ambulances.

Sur une avenue de la rive droite, la foule, dans une grande confusion, recule pas à pas. Jets d'objets divers. Bruit assourdissant des grenades. Les premiers corps tombés à terre. Le premier sang. Des jeunes gens tenant leur tête dans leurs deux mains poissées de rouge. Lors d'une charge brutale, un groupe de quatre ou cinq policiers se rue sur un garçon étendu sur l'asphalte, un peu en avant de la foule qui recule dans un brouillard étouffant. Ils frappent le garçon, le traînent par les cheveux, par son blouson en direction de grands cars noirs qui avancent lentement. Soudain, entre mes larmes acides, j'aperçois Vollard. Immense. Cheveux en bataille. Vêtu d'une veste comme à son ordinaire. Il était donc là ? Dans cette mêlée ? Lecteur traversant la violence ? Acteur ? Fantôme de l'événement ? Aujourd'hui encore, l'énigme subsiste. Je le vois se détacher du premier rang et marcher à grandes enjambées vers les policiers. Il les rejoint, les bouscule violemment, s'empare du corps du garçon évanoui, le leur arrache, le soulève d'un bras, en frappant indistinctement autour de lui à l'aide du poing gauche, à coups d'épaules, à coups de pieds chaussés de gros godillots, envoyant deux policiers rouler à terre et se défendant tant bien que mal des coups de matraques qu'on lui assène. Lentement, à reculons, il rejoint la foule que les policiers isolés renoncent à approcher davantage. Des mains se tendent pour saisir le garçon blessé. Course vers les ambulances. Vollard disparaît. Absorbé par la fumée de l'époque.

La compagnie des écrivains

Quelle ne fut pas ma surprise, alors que je venais d'être nommé, sans plaisir, dans cette ville cernée par les montagnes, de reconnaître et de retrouver Vollard, vieilli bien sûr, grossi, un peu tassé et rouillé, mais toujours le même, tête penchée, front appuyé sur la main, tapi au milieu de ses livres, tous les livres, livres dans leurs alvéoles de bois et livres dans sa tête. Vollard devenu libraire. Vollard à l'abri du *Verbe Être*. Égaré lui aussi dans ce coin de France ou bien ayant choisi délibérément ce repli ?

C'est ainsi que plusieurs mois avant qu'il n'écrase la petite fille, j'ai retrouvé Étienne Vollard. Chaque jour je marchais dans cette ville pour moi toute nouvelle. Je n'osais pas encore lever les yeux vers les montagnes. Je n'avais pas non plus l'idée d'aller marcher sur les sentiers, de gravir les sommets qu'on apercevait à chaque angle de rue. Il fallait d'abord m'assurer que mon isolement ne serait pas trop grand et que je pourrais respirer. Et c'est dans les bibliothèques et les librairies que j'allais chercher mon oxygène. Bibliothèques, grandes et petites librairies où j'entrais chaque jour, que j'explorais une à une, cherchant à découvrir celle où je me sentirais le plus à l'aise, durant les mois à venir, les années peut-être.

Je ne tardai pas à être attiré par une boutique discrète à l'enseigne du *Verbe Être — Livres neufs et Livres d'occasion.* Cette agréable sensation en saisissant la poignée de la porte vitrée, cette poignée imitant le dos et les nervures d'un livre à la reliure de cuir. « Poussez ! » Et, à l'intérieur, une impression de profondeur fraîche, d'ombres et de clartés.

Penché sur les présentoirs, examinant le contenu des étagères, je ne vis pas encore Vollard. Une petite femme sèche, vêtue de noir, cigarette aux lèvres, s'assura discrètement que je me satisfaisais d'une solitude flâneuse. Je commençais ma moisson quand il y eut un puissant raclement de gorge, puis une toux caverneuse.

Vollard était assis derrière une table de bois gris cerné par d'autres piles branlantes. Surprise, immense surprise. Retour du passé le plus enfoui. Surgissement en chair et en os d'un individu qui me ramenait à mes premiers troubles, mes premiers émois concernant la lecture. C'était lui. Ici ! Trente-sept ans plus tard.

Brusquement, il se dressa, se déplia, se déploya, lourd, massif, plus alourdi que jamais par les textes accumulés dans sa mémoire. Il ne me prêtait aucune attention, mais je le vis saisir, avec une grimace cruelle, un ouvrage épais qu'il soupesa, et commença à déchiffrer, debout, les yeux étincelants derrière ses lunettes. Puis, tout en lisant, il retourna s'effondrer derrière sa table, dans un fauteuil complètement défoncé par son poids. Mes yeux s'habituaient au jeu compliqué des lumières et de l'obscurité. Je distinguai alors, autour de Vollard, tête baissée, respiration bruyante, des portraits d'écrivains, sommairement fixés aux murs. Visages et corps noirs et blancs d'écrivains connus, reconnaissables.

Là, sur la droite, près de l'épaule du libraire, ce terrible visage de Dostoïevski, une photo prise peu avant la fin, front immense, dégarni, occupant la moitié du volume du crâne, les yeux enfoncés et fous fixant la mort déjà présente, les longs sourcils, et cette barbe encore très noire, parsemée de fils blancs torsadés.

À quelques centimètres, la photo un peu floue de Malcolm Lowry de profil, seul, au bord d'un lac sombre, avec cet air triste, abandonné, le regard vague, pantalon clair et chemise polo que soulève la bedaine gonflée de tequila et de mescal, masse d'écriture et de tremblement sur ce rocher, dans ce silence. « *Non, tu ne me comprends pas si tu penses que c'est entièrement les ténèbres que je vois.* »

Et Céline, un manteau râpé jeté sur les épaules comme s'il avait froid, foulard de soie froissé autour du cou, mal rasé, poils noirs et blancs sous le nez, sur les joues, et sous la lèvre inférieure de la bouche encore ferme et mince, mais le regard ailleurs, front plissé, une sorte d'étonnement très las, agacé et las.

Sur le mur, derrière Vollard, le portrait de Henry Miller en bonze égrillard, le crâne lissé par la vieillesse, des yeux plissés de chat, un rire naissant sur les lèvres épaisses, la peau burinée, lustrée par le temps, l'ascèse et la débauche, une vivacité heureuse, sexuelle et littéraire.

Il y a cette photo de Georges Bataille comme prise par surprise, lui, bouche de mangeur de viande, des yeux angéliques, si clairs, si purs, et malades, des cheveux d'un blanc éclatant avec un épi rebelle comme une antenne d'extraterrestre, et une façon d'être ailleurs, dans une tristesse angélique, entre le supplice et l'enfance, avec cette élégance dérisoire du costume et de la cravate noire : « *J'écris pour qui, tombant dans mon livre, y tomberait comme dans un trou, et n'en sortirait plus.* »

Et Max Frisch, massif, volumineux, seul, en bras de chemise, assis sur une terrasse vide, lunettes à l'énorme monture noire, des verres comme des hublots devant ses yeux, la pipe pendante, les bras écartés, expliquant quelque chose à quelqu'un qu'on ne voit pas : « *On peut tout raconter sauf sa vraie vie.* »

Hemingway, colosse vieilli, blanchi, ventre proéminent, tous les démons et les blessures et la tristesse retournés vers l'intérieur pour ne laisser pathétiquement paraître que cette gueule d'acteur hollywoodien, offerte au goulot des bouteilles puis au canon du fusil qui la fera éclater.

Et tant d'autres visages autour du libraire : Artaud, Kafka, Borges, Pessoa, Beckett, Nabokov, Thomas Mann, Pavese que je superposais malgré moi à la tête de Vollard, devenant à lui seul le portrait-robot et confus de tous ces écrivains dont les œuvres dormaient dans sa mémoire.

Je parlais très peu à Vollard, qui n'avait aucune raison de reconnaître en moi un de ses détestables « camarades » d'autrefois (enfin, qui sait ?), mais devenu un client régulier du *Verbe Être*, la ville, étroite et comprimée entre ses montagnes, me devint étrangement plus supportable.

Tous les deux ou trois jours, je tendais quelques bouquins neufs ou d'occasion et des billets au libraire assis derrière sa table. Il prenait tout son temps, hochait ou secouait la tête, ou bien souriait avec une sorte de bonheur enfantin en considérant mon choix, enfouissait mon argent dans la boîte à cigares posée devant lui, grognait en me rendant la monnaie. Plus d'une fois, à la seule vue d'un titre, d'une édition que je venais de payer, il accompagna mon départ en citant un passage de bonne longueur qui, de toute évidence, se trouvait dans le livre. Il récitait, mais pour lui seul, entre ses dents. La première fois, cela me fit presque frémir et puis je me surpris à espérer ces impromptus.

J'appris à mieux connaître Madame Pélagie avec qui je conversais plus volontiers qu'avec Vollard, et quelques clients dont le fameux Boncassa, parcourant des dizaines de bouquins jusqu'à l'heure de la fermeture. Immense lecteur, Boncassa prétendait qu'il employait tout le temps qu'il ne passait pas à lire à la rédaction d'une œuvre sublime dont le monde un jour entendrait parler, une œuvre à laquelle il travaillait depuis plus de trente ans et auprès de laquelle *À la recherche du temps perdu*, *La Comédie humaine*, *La Divine Comédie* feraient pâle figure !

Je pris alors une sorte d'habitude : mes longues marches à travers la ville s'achevaient inévitablement au *Verbe Être* et Vollard finissait par m'apparaître comme un monument de chair et de mémoire, secrète cathédrale textuelle bruissante, ironiquement érigée par le sort sur cette place du vieux quartier. Repère mental, repère vital, dans une ville sans attraits.

Comment aurais-je pu deviner tout ce qui allait encore arriver ?

III

Insomnie

Après l'accident, après la nuit passée à gueuler dans la montagne et à se cogner le crâne dans les branches basses, l'interminable journée au cœur du grand hôpital à attendre le corps comateux d'une petite fille en compagnie d'une jeune femme qui ne songeait qu'à « se sauver », Vollard avait regagné à pied la vieille ville, dans la neige et la brume. Ne pouvant entrer au *Verbe Être*, il était allé s'effondrer dans son appartement.

Déjà deux jours qu'il n'avait pas reparu, mais Madame Pélagie était habituée aux absences de Vollard, ses brusques départs, ses arrivées fantasques. Souvent, il se rendait à des ventes de livres anciens ayant lieu à des kilomètres, dans une autre ville. Ou bien il restait enfermé chez lui et ne redescendait qu'après avoir achevé la lecture d'un énorme roman. Il allait on ne sait où. Il marchait aussi dans la Grande Chartreuse afin de dépenser l'énergie dangereuse. Marcher des heures et brûler la vieille violence. Puis il s'installait entre des blocs de roches effondrées et lisait encore, en plein vent, sous la pluie et la neige parfois, à l'abri d'un parapluie noir. Saint Jérôme à l'écharpe rouge, singe énorme penché sur les Écritures. « *Ha ! comme tout me revient, bon Dieu ! Cet œil ! Ce vide ! Cette vigilance ! Cette lassitude ! L'homme arrive. Les chemins obscurs tous derrière lui, tous en lui, les longs chemins obscurs, dans sa tête, ses flancs, ses mains, ses pieds, et lui, assis dans l'ombre vermeille, se curant le nez, attendant l'aube. L'aube ! Le soleil ! La lumière ! Ha ! Les lents jours d'azur pour sa tête, ses flancs, et les petits sentiers pour ses pieds, toute cette clarté à tâter et à prendre.* »

De retour chez lui, il lui fallut boire, d'abord de l'eau, des litres d'eau qu'il tétait à la bouteille et laissait ruisseler dans son cou, sur sa poitrine. Il avait jeté sur le sol tous ses vêtements puants, ses vêtements déchirés.

Nu, complètement nu, blanchâtre et roux, couvert de bleus et d'écorchures, il se versa un verre de whisky, un deuxième, puis un troisième qu'il emporta sous sa douche. Bientôt, sous les jets brûlants, dans la vapeur, il s'accroupit, se tassa sur lui-même, se recroquevilla, grosse boule de viande triste sur laquelle l'eau ruisselait, à l'intérieur de laquelle l'alcool coulait. Combien de temps demeura-t-il sous l'eau, dans l'alcool. Trempé, dégoulinant, il se jeta enfin sur son lit et sombra dans un sommeil exceptionnellement profond, un vrai sommeil de brute, un sommeil d'enfant. Il sombra dans un sommeil sans cauchemars, sans visions et surtout sans phrases, ces phrases qui, habituellement, se prononçaient toutes seules et sans fin, au milieu de ses nuits. Car l'insomnie, survoltée et aveuglante, l'insomnie douloureuse, Vollard en souffrait bien avant l'accident.

Depuis des années, toutes les nuits. Insomnie donc lecture. Et encore insomnie.

Que se passa-t-il ce soir-là ? Après l'accident, la neige, la nuit, la montagne, après l'hôpital ? Insomniaque depuis toujours, Vollard tomba dans une grande cuve de jus de nuit, pur jus de nuit bien noir et bien épais, colmatant dans son crâne les trous par où sortaient ces phrases phosphorescentes qui se déroulaient dans sa cervelle réfractaire au sommeil.

Durant des années, chaque nuit, même très tard dans la nuit, si Vollard décidait de cesser de lire, d'éteindre la lampe, de fermer les yeux, l'insomnie allumait aussitôt dans sa tête une autre lumière, bien plus vive. L'insomnie imposait d'autres phrases, montées de l'angoisse et de la mémoire.

Au cours de ces insomnies immenses, il y avait d'abord la « drôle de voix » qui se faisait entendre, une voix tantôt grave, tantôt aigrelette, qui criait dans le noir quelque chose comme : « Pas moi ! Pas ça ! » Ce n'était pas exactement sa voix à lui, Vollard, mais une voix étrangement familière, peut-être la voix d'un petit garçon, quand il commence à muer et que les sons qu'il émet sont alternativement trop aigus ou trop graves.

« Non ! Pas moi ! Pas ça ! » hurlait la voix. Ou bien : « Assez ! C'est assez maintenant ! » Elle suppliait. Elle geignait, la voix d'enfant, dans la nuit de l'insomnie. Elle disait : « Pas moi ! Pas ça ! » exactement comme elle aurait crié « Maman ! », dans une poitrine broyée, ce mot silencieusement crié à n'importe quel âge de la vie, étouffé dans le noir, un « maman » à sec dans l'absence de larmes, tandis qu'à l'autre bout de la nuit sans limites, une mère absente, mère perdue, mère morte, crie désespérément qu'elle n'est encore elle-même qu'une enfant, qu'il n'y a pas de mère, nulle part, pas de grandes personnes, rien que l'enfant éternel, l'éternelle petite fille…

Alors, pour tenter de couvrir la « drôle de voix », les autres phrases sortaient de leurs trous. Milliers de phrases enroulées dans la mémoire de Vollard en une grosse pelote. Milliers de phrases qui se déroulaient, illuminant le noir, pour combattre cette voix qui disait sans relâche : « Assez ! Pas moi ! Pas ça ! » Des phrases arrachées aux livres, depuis les premières lectures de l'enfance. Éternel retour des phrases installées à demeure dans la tête de l'hypermnésique.

La voix d'angoisse suppliait tandis que les phrases sortaient de leur tanière de mémoire, furieuses : « *En fer ! Elle doit être en fer, soutenue par d'énormes arcs-boutants, cette nuit, pour ne pas être crevée et défoncée par toutes ces choses que mes yeux garrottés ont vues, par ces choses qui la peuplent insupportablement.* »

« Non, ça suffit ! » répétait la voix d'angoisse. Et l'autre, forçant le ton, récitait alors :

« *Viens, Nuit, très ancienne et identique,*
Nuit reine qui naquis détrônée,
Nuit intérieurement égale au silence,
Nuit semée d'étoiles pailletées, au rapide éclat sous ton vêtement frangé d'infini.
Viens vaguement,
Viens légèrement, viens toute seule… »

Grincements de la voix d'angoisse. Duel nocturne. Déferlement d'autres phrases. Sans fin, sans fin, jusqu'à l'aube pourrie. Lecteur Jekyll contre Mister Nightmare.

« *Emportez-moi dans une caravelle, dans une vieille et douce caravelle, dans l'étrave, ou si l'on veut dans l'écume, et perdez-moi au loin, au loin...* »

Mais aucune caravelle en vue. Une insomnie sans horizon. Et la voix d'angoisse criait : « Assez ! C'est assez ! Viens et emporte-moi, maman caravelle... Tu sais bien que j'ai mille fois plus besoin de toi maintenant que je suis presque vieux, mille fois plus besoin de ta coque et de tes bras, maman, même si tu es morte, même si tu es devenue toute petite, et que tu cries, toi aussi, à l'autre bout de cette nuit si peu nocturne. »

Tandis que l'autre ripostait : « *J'ai à moi seul plus de souvenirs que n'en peuvent avoir eus tous les hommes, depuis que le monde est monde. Mes rêves sont comme votre veille. Ma mémoire, Monsieur, est comme un tas d'ordures.* »

Quand le jour se levait, Vollard finissait par trouver un sommeil agité. Une ou deux heures plus tard, un cauchemar ou un rayon de lumière le réveillaient. Il se dressait d'un coup, renversant des piles de livres qui cernaient le lit défait. Livres sur la table de nuit, livres sur tous les meubles. Livres jusque dans la salle de bains, ou la cuisine. Dans l'ombre, sous la poussière.

Dans le miroir, Vollard se considérait toujours avec la même surprise. Des yeux enfoncés et cernés, sans lunettes, au milieu de cette grosse tache pâle un peu barbue. Sans âge. Nu dans le silence. Solitude de la viande : sexe, ventre, fesses. Lambeaux de pensées.

Et, à l'approche de l'aube, les phrases qui se taisent une à une. Un calme précaire. « *Ma mémoire, Monsieur, comme un tas d'ordures...* »

Enfin, le matin ! Vollard pouvait se plonger dans de nouvelles lectures en avalant plus d'un demi-litre de café. Les livres l'attendaient. Partout. Accumulés. Neufs et anciens.

Il reste que ce premier sommeil après l'accident fut exceptionnel. Du vrai sommeil ! Vollard s'abandonnait encore à cette torpeur liquide, pataugeait dans les dernières flaques de noir, mais soudain, il fut debout, le souvenir de l'accident vrillé dans son crâne, l'orchestre de la catastrophe jouant au grand complet.

Il avança, entre les livres, les bouteilles vides, quelques boîtes de médicaments qui encombraient la chambre, bouche sèche, mains ouvertes... Bizarrement, il sentait que c'étaient ses propres mains qui allaient l'encombrer, désormais. Elles ne se poseraient plus de la même façon sur les choses. Mains d'assassin. « *Mains d'Orlac.* »

On peut ainsi bondir, au moment le plus inattendu, au beau milieu du rang des assassins. Une violence très ancienne était revenue, une intime violence, et le vieux « risque de tuer ».

Vers le milieu de la matinée, il descendit à la librairie où Madame Pélagie était souvent présente dès huit heures, même si elle n'ouvrait qu'à neuf heures précises. Elle réglait des factures, classait des ouvrages, réceptionnait des colis.

Toujours là, vive et attentive. Elle aussi, à sa façon, était une mémoire. Mais une mémoire efficace, pas « *un tas d'ordures* » ! On pouvait lui demander la référence d'un livre épuisé, le nom d'un auteur oublié à partir des bribes d'un titre, ou le titre exact d'un livre à partir d'un nom supposé. Après quelques recherches rapides, elle parvenait toujours à répondre : « Non, Monsieur, pas *La Méduse*, de Georges Goubet, mais bel et bien *L'Hydre* de Guillaume Loubet… »

Chaque soir, après la fermeture, elle emportait dans son sac deux ou trois livres qu'elle protégeait avec du papier transparent. Elle lisait tout, très vite, selon une diagonale personnelle. Elle ne lisait pas par goût, ne faisant part de ses préférences à personne, si toutefois elle en avait. Elle lisait par une sorte de conscience professionnelle, elle se voulait capable de résumer ou d'évoquer, à sa façon, le contenu de n'importe quel bouquin : thèse sur le langage animal, essai philosophique ou roman compliqué. Pas un ouvrage en rayon dont elle ne sut dire quelque chose, quitte à se livrer à des improvisations époustouflantes, à des narrations compliquées, simplifications acrobatiques qui donnaient, malgré tout, au client une petite indication.

Ce matin-là, Vollard entra par la porte du fond de la librairie déserte, salua d'un grognement Madame Pélagie, mais n'eut pas un regard pour les livres fraîchement déballés, publications nouvelles, rééditions, biographies de circonstances, premiers romans. Lorsque Vollard apercevait des livres nouveaux dans leurs cartons béants, une lueur étrangement sensuelle éclairait son regard, un pli de gourmandise tordait un peu ses lèvres. Il aimait aussi éventrer les cartons d'un coup de cutter bien placé, et puis vite, arracher les entrailles. Bouquins palpitants, pissant leurs phrases comme du sang. Toujours la même fringale. Après tant d'années. Un frisson de plaisir secouait Vollard. Alors, ses mains s'emparaient de ces blocs d'écriture. Il les palpait, les tâtait, les estimait, les retournait, les ouvrait fébrilement, humait l'odeur de la colle et du papier, les parcourait déjà, salivant, regard coupe-papier, se faisant d'un texte une idée rapide mais pertinente, puis il s'emparait de plusieurs bouquins qu'il se réservait de lire la nuit suivante.

Madame Pélagie vit tout de suite que quelque chose de grave s'était passé, mais elle continua à s'affairer sans poser de questions. « Mais qu'est-ce qui ne va pas, aujourd'hui ? aurait-elle voulu demander. Hein ? Qu'est-ce qui vous arrive encore, Étienne ? » Mais elle comprit que ce n'était ni l'insomnie, ni les maux de tête ou d'estomac, ni une lecture indigeste ou bouleversante qui défaisaient ainsi le libraire. Suivre des yeux le grand Vollard qui traversait la boutique sans toucher un seul livre avait quelque chose d'effrayant.

Il ouvrit brutalement la porte extérieure et disparut dans les rues où l'on entendait le raclement des pelles qui déblayaient la neige des trottoirs.

Le masque de plâtre

Sur le chemin de l'hôpital, malaxée par les pneus et les pas, la neige devenait excrémentielle. Bouillie beige se liquéfiant d'heure en heure. On n'en finissait pas d'approcher de cette forteresse où s'entassent les corps mutilés, les organismes malades, les vies sur le point de s'éteindre, entretenues quelque temps encore par des machines. Corps perforés, injectés, plâtrés. Les nouveau-nés aussi, les prématurés, impatients de vivre. Vollard se demanda derrière quel étroit rectangle au store baissé, à quel étage, se trouvait la petite fille. Respirait-elle encore ? Avait-elle ouvert les yeux ? Il avançait prestement, enjambant la gadoue, évitant de bousculer, et peut-être de renverser, des passants que la neige rendait rêveurs.

Les portes vitrées s'ouvrirent automatiquement devant lui en miaulant, tandis qu'il tendait inutilement les bras, et il pénétra dans l'aquarium glauque du grand hall déjà très bruyant. Des plantes vertes avaient poussé comme des algues, sous les néons laiteux. Les gens les plus divers flottaient dans ces eaux troubles à différentes vitesses : des types mal rasés, en pyjamas, des femmes au crâne rasé, en peignoirs, cigarette éteinte plantée entre leurs lèvres, des filles en blouses blanches, grandes enjambées, des vieillards emmitouflés, des visiteurs hésitants...

Soudain, au milieu de cette foule, Vollard reconnut Thérèse Blanchot, la mère de la gosse. Elle allait le croiser sans le voir, marchant très vite vers la sortie, une main sur la poitrine, comme si elle étouffait et qu'il lui faille de l'air. Vollard la saisit par le coude.

— Vous laissez votre fille ? Comment va-t-elle ?

Il retenait Thérèse, la tirant à lui avec brusquerie. Les petites mains de Thérèse tentèrent de repousser la pogne rousse de Vollard, qui ne la lâchait pas, insistant.

— Toujours la même chose... Elle respire régulièrement, elle n'a pas bougé. Elle est là, comme vous l'avez vue. Si blanche. Ses bras... je n'avais jamais remarqué à quel point ils étaient maigres.

— Vous partez ?

— Que voulez-vous que je fasse ?

— Mais ils ont dit...

— De lui parler ? Oui, il paraît qu'il faudrait lui parler sans arrêt, mais je n'y parviens pas. J'ai essayé...

— Alors ?

— Quand je commence à lui raconter quelque chose, n'importe quoi, c'est comme si j'avais peur qu'elle entende. Oui, qu'elle entende et qu'elle continue à se taire en m'écoutant.

Thérèse s'est dégagée. Elle échappe à Vollard, et fait un pas puis deux, vers la sortie.

— Excusez-moi, dit-elle très vite, mais je suis restée longtemps avec Éva. Maintenant, il faut que je sorte. Besoin de respirer, de fumer. Je vais rouler un moment en voiture. Faire un tour. Mais je reviendrai, vous savez, je reviendrai… Essayez donc, vous, de lui parler.

Et Thérèse fila vers la sortie laissant Vollard absurdement planté au milieu de la foule. Il choisit de ne pas emprunter l'un des six énormes ascenseurs bondés et lents et se rua dans les escaliers, propulsant ses cent dix kilos jusqu'à l'étage des corps traumatisés, des membres brisés, des crânes défoncés, des chairs tuméfiées. Besoin de gaspiller une énergie physique et mentale avant de revoir la petite.

Parvenu dans le couloir conduisant à la chambre d'Éva, il heurta de la cuisse un chariot métallique sur lequel brinquebalaient flacons, pansements, instruments. Au bruit que cela fit, une infirmière se retourna, prête à protester, mais reconnaissant le grand bonhomme, elle se radoucit, avec un sourire de compassion sincère ou professionnelle :

— Ah ! Voilà le papa de la petite fille, notre petite Éva… C'est bien. Vous allez lui parler. Surtout, n'arrêtez pas, insistez… Stimulez-la. Dites-vous qu'elle vous entend, qu'elle finira par vous entendre, qu'elle est là.

— Mais je ne suis pas son…, bredouilla Vollard.

— Placez-vous bien contre l'oreille de votre fille, vous verrez…

Donc, ici, être le papa ! Le papa imposteur. Le chauffard déguisé en géniteur géant. Pas gêné ! Le malaise décuplé. Horreur de ces mains et de ce corps métallique de faux père s'approchant du sommeil comateux d'une enfant inconnue. En même temps qu'elle l'indignait, cette paternité d'emprunt, cette paternité proclamée par hasard et par d'autres, le fascinait mystérieusement.

Il ne se pencha qu'à peine sur le visage cireux de l'enfant. Le corps était recouvert d'un drap blanc mais les bras dénudés, bras baguettes, branchettes blanches et cassables, des doigts très fins, immobiles, presque sans ongles.

Toujours les yeux clos, le front immense et lisse. Plus de masque respiratoire. Mais ce qui frappait Vollard, cette fois, c'était une apparence princière, ce calme impressionnant dû sans doute à la minerve et au pansement en turban. L'enfant s'était installée dans une léthargie durable, un sommeil magique de sept ans, de cent ans. Victime d'un sortilège.

Il ne la toucha pas, ne l'effleura pas, mais s'approcha presque malgré lui des petites narines, trous noirs dilatés, qui semblaient ne plus respirer ni frémir.

Longtemps, il demeura assis sur la chaise de métal, au bord de cette inconscience, cette absence plus fascinante que n'importe quel corps mobile et lucide. Ça ne bougeait pas, mais c'était bien l'enfant dont il avait croisé l'ultime regard d'effroi à travers le pare-brise. Où était-il, ce regard, à présent ? Brisé comme du verre ?

Les lèvres toutes proches de la joue lisse de l'enfant, Vollard s'effrayait de son propre souffle qui troublait le grand silence de la chambre. Il recula brutalement.

Il aurait voulu parler, mais les mots qui lui venaient ne convenaient pas. Des mots flottaient dans sa tête, mais il ne pouvait les prononcer à haute voix. Dire : « … Oui, c'est moi qui t'ai fait ça, tu sais, c'est moi, sous la pluie froide, dans cette nuit dont tu as jailli. T'ai vue trop tard… rien pu faire… Mais pourquoi tu courais comme ça, nom de Dieu ? Tu pleurais… On s'est regardés, tu te souviens ? On ne pouvait plus rien arrêter. Plus rien. »

Mais aucun son ne sortait de sa bouche.

Ceux qui ont crié un jour : « Ne meurs pas ! » à un être cher, un être humain qui n'entend plus, un être qui s'en va, qui bascule de l'autre côté, déjà si loin qu'il ne peut plus répondre, tous ceux qui ont hurlé en silence, sans qu'aucun son ne sorte de leur bouche : « Ne meurs pas ! Ne t'en va pas ! Pas encore », ou crié désespérément : « Je t'en supplie, ouvre les yeux une dernière fois, dis-moi que tu m'entends, fais un signe, bouge un doigt, même un tout petit peu. Ne meurs pas ! », ceux-là comprendront un peu ce que Vollard ressentait.

Mais il se taisait, n'entendant que sa propre respiration, ses raclements de gorge indécents. Encombré de lui-même. Plus lourd et plus écrasant que jamais.

Du temps passa. Les infirmières se glissaient dans la chambre, effectuaient de menus soins, vérifiaient des appareils. Elles s'esquivaient… Vollard restait. Et Thérèse ne revenait pas.

Silence. Visage de princesse. Masque de plâtre. Des phrases retentirent alors dans la chambre. Ces phrases, c'était bien lui, Vollard, qui les prononçait. Voix haute. Voix puissante, articulant clairement un texte monté d'un autrefois lointain. Vollard revoyait nettement le livre, les caractères imprimés d'une vieille édition, du garamond gris sur du mauvais papier. Et ces mouchetures marron dans les marges.

« On eût dit un ange tant elle était belle ;... elle avait seulement les yeux fermés, mais on l'entendait respirer doucement, ce qui faisait voir qu'elle n'était pas morte. Le Roi ordonna qu'on la laissât dormir en repos jusqu'à ce que son heure de se réveiller fût venue. La bonne fée qui lui avait sauvé la vie en la condamnant à dormir cent ans était... »

Vollard se surprenait à raconter une histoire à l'enfant qui se tenait derrière le masque de plâtre. Il racontait la première histoire lui venant à la mémoire. Bien loin, au fond de la mer transparente, une princesse, peau douce, peau claire, dans tout ce bleu. La plus belle des princesses, mais ni jambes, ni pieds : une queue de poisson.

Vollard était gêné d'entendre sa propre voix envahir la cellule silencieuse. Il était un peu essoufflé, mais il poursuivait, comme s'il avait eu les pages imprimées sous les yeux : « *... Souvent, la nuit, elle apercevait la lune et les étoiles dont la lueur était certes bien pâle... Lorsque quelque chose comme un nuage noir les voilait, elle savait que c'était une baleine ou un navire chargé d'hommes qui passait au-dessus d'elle.* »

Les mots du conte, comme le sillage du libraire-baleine nageant au-dessus du visage englouti d'une fillette qui n'était ni morte, ni endormie, mais plongée dans un coma peut-être définitif.

D'ordinaire, le visage de l'autre est une étrange éponge. D'infimes contractions de la chair, de menus plissements de la surface sont les indices d'une écoute. Même celui qui dort, même un visage étranger ou fermé ne peuvent s'empêcher d'absorber légèrement les paroles qui coulent sur eux. Mais le visage d'Éva était un masque d'infante ni vivante ni défunte, avec ces narines pincées, la bouche entrouverte, le creux de l'oreille au tympan lointain, comme un labyrinthe minuscule à l'entrée duquel Vollard se tenait, minotaure perplexe, ne disposant que du fil cassant des phrases, ignorant tout d'une Ariane qu'il n'atteindrait peut-être jamais.

Ce petit corps inerte incarnait une solitude épouvantable que Vollard reconnaissait comme l'inverse exact de sa propre solitude. Il ne s'agissait pas seulement de celle d'une petite fille blessée, plongée dans le coma, mais d'une solitude par effacement, réduction, vidage, pâleur. Terrible à force de discrétion, de lente abolition.

Comparée à cette solitude à l'état pur, celle d'un vieil adulte meurtri comme Vollard était peu de chose. Elle était due à une invasion de chair, à un surplus de mémoire, à l'absurdité d'un corps posé là comme n'importe où. Solitaire à force d'être de trop. Solitaire, mais d'une solitude risible, ou simplement triste. Malheur et malaise tressés depuis l'enfance lointaine.

Rien de commun avec cette impression que le réel pouvait être aspiré soudain par ce visage blanc, par ces narines, cette bouche entrouverte. Impression que le monde pouvait s'auto-avaler à travers le corps d'une petite fille, se vomir à l'envers vers un lointain intérieur qui s'appellerait nulle part.

C'est pour gommer ce sentiment pénible qu'après un premier conte, Vollard en récita d'autres qui lui revenaient au hasard mais dont il se souvenait toujours à la perfection. Textes où se disait un peu d'enfantin.

« *J'étais en ce temps-là un peu comme serait une hirondelle, née d'hier, très haut à l'angle d'un toit, qui commencerait à ouvrir de temps à autre, au bord du nid, son petit œil d'oiseau et s'imaginerait, de là, en regardant seulement une cour et une rue, voir les profondeurs du monde et de l'espace…* »

Des infirmières passaient la tête discrètement, prodiguaient des soins, mais n'osaient interrompre Vollard dont on entendait la voix depuis le couloir.

« … *Puis refermant malgré moi l'œil encore trouble de mon esprit, je retombais pour des jours entiers dans ma tranquille nuit initiale.* »

Vollard récita jusqu'à la nuit, mais il revint le lendemain après-midi après avoir enfin parlé à Madame Pélagie. Elle l'avait écouté attentivement, sourcils froncés, tirant nerveusement sur sa cigarette, sans faire le moindre commentaire compatissant ou consterné à propos de l'accident. Elle avait seulement déclaré : « Oui, il faut que vous le fassiez, Étienne. Allez près de l'enfant. Parlez-lui. Prenez le temps qu'il faudra. Ici, je m'occupe de tout. »

Et Vollard reprit ses déclamations à voix haute, revenant à l'hôpital les jours suivants, rencontrant parfois Thérèse, pressée, oppressée, qui bien vite se sauvait. Il revint, sans faillir, deux semaines durant.

— Vous venez beaucoup plus souvent que votre dame, lui fit remarquer l'infirmière qui faisait les soins du matin.

J'ai vu qu'elle n'osait pas trop parler à la gosse. C'est dommage. Il le faut pourtant. Vous verrez, un jour il y aura un déclic. On ne sait jamais quel mot, quelle parole parvient à les réveiller. Une seule phrase peut tout déclencher. C'est un bout de fil qu'il faut alors tirer, et tout le reste revient. Le coma est quelque chose de très mystérieux, vous savez…

Un jour, en se retournant, Vollard découvrit que Thérèse était venue silencieusement s'asseoir au pied du lit de sa fille. Il ne l'avait pas entendue entrer. Les cheveux humides, toujours cette mèche devant les yeux et, malgré la chaleur, elle ne quittait pas son manteau, comme prête à repartir. Un peu recroquevillée, bras croisés, attentive. Vollard la fixait, à présent, tout en continuant à parler. Soudain frappé par la ressemblance avec Éva. L'air si jeune. Trop jeune. Enfant elle aussi. Une Éva revenante. Petite fille-mère.

— Je vous écoutais, Monsieur Vollard, lui dit Thérèse.

— Depuis longtemps ?

— J'aime bien ce que vous récitez. J'ai l'impression de reconnaître des choses.

— Oh ! Ce sont des livres que j'ai lus il y a longtemps et dont je me souviens toujours, des bouts de textes qui me reviennent… au hasard. C'est tout.

— Pourtant je n'ai jamais lu beaucoup de livres. Et quand je lis, moi, ça s'efface tout de suite. Je ne sais pas pourquoi. Mais vous…

— Vous savez, ce n'est pas une chance… pas même un don. Seulement je vis avec cette mémoire.

— Bon, je vais poser un baiser sur son front et puis me sauver. Il faut que je…

— Je sais…

Les jours passèrent. Vollard parlait de plus en plus fort à l'oreille d'Éva, submergé par les textes qui se bousculaient dans son souvenir. Le personnel de l'hôpital le laissait tranquille.

Dans les rues la neige avait fondu, mais les montagnes qui entouraient la vallée étaient d'une blancheur aveuglante. Vers le soir, sur les avenues déjà plongées dans l'ombre, on avait le sentiment d'avancer péniblement au fond d'un océan hostile, tandis que là-haut, pas très loin, l'éclat bleu et frémissant des sommets invitait à monter respirer à l'inaccessible surface.

Le miracle de l'éveil

On approchait de la détestable période des fêtes de Noël. Lumières, dorures, clochettes, musique vomitive et le grand sourire autoritaire des marchandises. Acheter n'importe quoi, sous prétexte de faire des cadeaux. Cadeaux obligés. Et pourquoi pas des livres !

Période hivernale, marchande, énervée. Rues grouillantes, trottoirs encombrés de gens emmitouflés, eux-mêmes encombrés de paquets, l'inévitable agitation des acheteurs somnambules.

Comme à l'ordinaire, progressant dans la foule, Vollard bousculait toujours un peu les passants, pourtant de plus en plus rares au fur et à mesure qu'il approchait de l'hôpital.

Au fond, il était soulagé de ne pas rester dans son magasin, de ne pas subir en maugréant les exigences de ces gens qui n'entrent dans une librairie qu'une ou deux fois par an, en quête non pas d'un livre, mais d'une chose à offrir : « Vous me ferez un paquet cadeau, n'est-ce pas ? »

L'épreuve qu'il s'imposait était d'une autre nature : marche, couloirs blancs sentant la maladie et les remèdes, récitation improvisée, marathon de la parole. Mais cette épreuve avait soudain à ses yeux quelque chose d'exact, de nécessaire, comme si l'existence pouvait se réduire à ces va-et-vient entre une vieille librairie et un hôpital ultra-moderne. Vollard n'avait jamais conçu la littérature comme un apaisement, ni la lecture comme une consolation. Au contraire. Lire follement, comme il avait toujours lu, consistait plutôt à découvrir la blessure d'un autre. Blessure d'un type seul, désarroi d'une femme seule. Lire consistait à descendre en cette blessure, à la parcourir. Derrière les phrases, même les plus belles, les mieux maîtrisées, toujours entendre des cris. De la librairie à l'hôpital, de l'hôpital à la librairie, c'était glisser d'une blessure à l'autre ! D'un côté, le murmure ou la plainte des livres disposés sur leurs rayons. De l'autre, les gémissements de ceux qui étaient passés en une fraction de seconde de l'insouciance valide à l'amputation. De la santé à quelque maladie insidieuse et mortelle. Marchant vite, la tête un peu inclinée, les mains enfouies dans les poches ou battant l'air comme des pagaies, Vollard avait l'impression d'être un agent de liaison bizarre entre les deux univers. Le reste, passants, marchandises, Noël, nourriture, embouteillages, tournoyant dans l'irréalité.

Les soirs où Vollard s'attardait à l'hôpital, Madame Pélagie retardait la fermeture du *Verbe Être*. Elle laissait encore des clients entrer et, s'il n'y avait plus de clients, elle écoutait avec patience Boncassa, qui n'en finissait jamais de dénigrer la littérature mondiale, d'« exterminer » les nouveaux auteurs, et presque tous les anciens, les éditeurs, et les acheteurs qu'on ne devait surtout plus appeler des lecteurs, ah ! ça non, mais des consommateurs ! Et Boncassa d'expliquer à quel point l'œuvre que lui-même élaborait jour après jour, depuis des années, rompait avec les vieilles faiblesses, les paresses des écrivains présents et passés... une œuvre interminable, phénoménale, certainement impubliable, mais c'est de la littérature, nom de Dieu ! criait-il.

Madame Pélagie attendait le plus longtemps possible le retour de Vollard, qui finissait par pousser la porte de verre, épuisé, taciturne. Elle enfilait alors prestement son petit manteau noir, allumait une nouvelle cigarette, empoignait son cabas chargé de livres et filait dans la nuit. Elle voyait bien que Vollard jetait désormais sur les livres ce qu'elle appelait son « regard d'hôpital », comme elle savait qu'il introduisait, à l'hôpital, cette rugueuse « voix des livres ».

Enfin, il y eut ce matin d'hiver d'un bleu superbe, ce matin dont la lumière coupante pénétrait jusque dans certaines chambres. Vollard, comme possédé par ses propres paroles, laissait sa voix faire son travail de récitante. Une fois de plus, elle avançait dans le labyrinthe d'une écoute improbable. Mais ce jour-là, cette voix ralentissait, hésitait, butait, bafouillait, comme à l'approche de la chambre secrète. Soudain, tandis qu'elle articulait sans discontinuer, Vollard constata que l'enfant avait les yeux grands ouverts : deux grands yeux noirs qui ne fixaient rien de particulier mais qui « regardaient ». Presque contre son visage, il y avait ce regard effrayant. Regard ouvert d'un coup, comme une blessure, une fleur inconnue.

Paupières battantes. L'infime mouvement de la pupille. Enfin, un frémissement imperceptible, au coin des yeux, au coin des lèvres. Le masque de plâtre aboli par une tiédeur soudaine. Mais Vollard ne pouvait s'interrompre au milieu du texte très beau, très simple, et peut-être magique qu'il était en train de débiter d'une voix sonore. « *... et à ce moment-là, c'est venu... Quelque chose d'unique... Qui ne reviendra plus jamais de cette façon, une sensation d'une telle violence, qu'encore maintenant, après tant de temps écoulé...* »

Il récitait sans reprendre souffle, persuadé que certains mots, mais lesquels ? — *pétales... tremblement... espaliers... ondes de vie* ? —, auraient le pouvoir incroyable d'animer l'inanimé, de rappeler une âme-pétale, une âme comme une onde.

Les yeux de l'enfant, après s'être plusieurs fois refermés, restaient longuement ouverts. Comme si, derrière eux, ça percevait. Comme si ça essayait de comprendre. Comme si ça revenait. « *Bébé hirondelle au coin d'un toit !* »

Oui, un être encore bien petit était là. Pas encore la conscience de quelqu'un mais une très fragile capacité de perception. Pas encore une enfant prénommée Éva, mais de l'enfance vivante, une présence enfantine que Vollard accueillait humblement.

La nouvelle ne tarda pas à se répandre. Très vite une petite troupe de blouses blanches fut au chevet de l'enfant qui donnait tous les signes d'un retour, du « miracle de l'éveil ».

Thérèse arriva au milieu de cette agitation. Habituée à passer en coup de vent, elle ne sut d'abord quelle attitude adopter lorsqu'on s'écarta afin de la laisser étreindre la petite. Elle l'embrassa sur la joue et dit d'une voix blanche, hésitante : « Je suis là, Éva, c'est ta maman… » Puis elle leva les yeux, anxieuse, comme pour vérifier, dans les regards braqués sur elle, qu'elle tenait bien son rôle. Sur ses lèvres, les mots manquaient moins de conviction que d'énergie, mais les infirmières s'attendrissaient. Elle fit de son mieux, Thérèse, et les jours qui suivirent, elle se força à rester à l'hôpital pour s'occuper d'Éva.

Elle quittait son manteau, retroussait ses manches et se tenait près du lit en souriant, en posant les doigts sur les joues de l'enfant qui commençait à bouger, tournait la tête à droite, à gauche, suivait du regard les visages, entrouvrait la bouche mais ne disait rien. Vollard, qui depuis des semaines avait pris l'habitude de rester seul avec l'enfant dans un silence que ne troublait que sa propre voix, ne savait non plus quelle attitude adopter. Il se retira dans le couloir pour ne pas encombrer, observant de loin ce qui se passait, puis, voyant que Thérèse dont il avait plusieurs fois croisé le regard ne lui disait rien non plus, il disparut, à grandes enjambées.

On expliqua à Thérèse : « Cette fois, votre fille est sortie du coma. Restez avec elle. Stimulez-la en lui rappelant des souvenirs précis, heureux. Elle doit retrouver des repères, reconnaître les personnes et les choses… »

Thérèse fut en proie à la panique. Aucun souvenir heureux, vraiment heureux, ne se présentait à son esprit. Que dire ? Telle errance en voiture à travers un paysage désolant ? Des temps morts dans des coins de banlieue ? Des retrouvailles après un retard ? Des hôtels… « de la gare », « du commerce », « des voyageurs » ? Même odeur de moquette. Mêmes miroirs ternis.

« Éva, tu te souviens de cette arrière-salle de restaurant où nous dormions, toi et moi, sur des matelas que nous installions après le service, dans une odeur de soupe et de tabac refroidi ? » Ou bien : « Et cette jolie villa où un monsieur si vieux, si veuf, si gentil, nous avait hébergées, toi et moi, cette hiver-là ? Les grandes pièces silencieuses, le feu de cheminée. Le vieux monsieur me parlait de sa femme morte. Il finissait par me prendre pour elle. Toi, tu étais encore si petite. Tu étais un bébé, tu pleurais la nuit, ce qui agaçait le vieux monsieur qui n'avait jamais eu d'enfant. Il pestait. Un jour, j'ai pris ton couffin et je me suis sauvée… »

Des images floues défilaient dans la mémoire de Thérèse, mais elle ne pouvait que se taire près de sa fille muette.

Le cas Éva Blanchot intéressa passagèrement les médecins, qui firent de rapides apparitions, compulsèrent gravement le dossier, examinèrent sommairement l'enfant, puis disparurent. Les premiers jours, les infirmières entraient à nouveau dans la chambre avec allégresse et s'adressaient à Éva d'une voix forte :

— Bonjour, Éva ! Tu vas bien ce matin ?

Éva suivait un peu les mouvements, ouvrait grands les yeux, puis elle abandonnait.

Bientôt les mines s'assombrirent imperceptiblement. On chuchota à nouveau. Le médecin se raclait la gorge et hochait la tête. Éva regardait rêveusement autour d'elle, remuant un peu le bras ou les doigts si on le lui demandait. Elle paraissait tout comprendre, mais ne réagissait que faiblement.

Le diagnostic tomba :

— Voyez-vous, Madame Blanchot, votre fille vivra. Ses organes guérissent. Ses os se ressoudent déjà très vite. Malheureusement… certaines lésions paraissent irréversibles. Des troubles graves peuvent subsister…

Le médecin avait entraîné Thérèse dans un bureau silencieux. Elle remarquait seulement ses pellicules, son front plissé, ses mains qui faisaient une danse comique contrastant avec le ton solennel et la voix basse.

— Chère Madame, la science médicale est plus souvent déconcertée qu'on ne peut le croire. Pour votre fille, c'est une victoire, mais aussi une défaite… Chaque cas est unique, complexe, mystérieux. Votre compagnon, enfin ce monsieur, d'après ce qu'on m'a dit… Il a fait preuve d'une persévérance admirable. Mais toutes les facultés ne seront pas récupérées…

Thérèse comprenait intuitivement qu'elle devait poser une question. Elle ouvrit la bouche. Le médecin répondit sans attendre :

— Non, vous verrez, elle va réapprendre à marcher, à

bouger. Avec des séances de rééducation, tout peut aller très vite, mais…

— Mais ?

— Éva ne parlera plus ! Vous pourrez sans doute communiquer avec elle. Elle comprendra certaines choses, parviendra à se faire un peu comprendre elle aussi, mais elle ne parlera plus. Les centres du langage sont irrécupérables. Enfin, comme toujours, on ne sait jamais… Je préférais vous… Il importe de se préparer… faire face… Une enfant handicapée…

Thérèse, anesthésiée, entendait résonner des mots : handicapée, mère d'une enfant handicapée, mère handicapée par une petite fille… Éva à jamais avec elle. Éva muette collée à elle. Ne plus pouvoir partir !

Pli au front, le médecin parlait toujours.

— C'est pourquoi les centres spécialisés sont une bonne solution. Certains sont situés tout près d'ici, dans la Chartreuse. À peine une demi-heure de voiture. Vous pourrez aller la voir souvent.

Tout en disant oui, oui… Thérèse tentait de mettre fin à l'entretien. Assise jusque-là au bord de sa chaise, elle se dressait, se dirigeait à reculons vers la porte. Elle entendit encore : « Rien n'empêche d'espérer. Toujours espérer. Chaque corps, une énigme. L'énigme des corps. »

Enfin seule dans le couloir, elle eut une pensée pour son cahier aux pages couvertes de phrases incongrues. Elle eut envie d'y inscrire, en grosses lettres : « Chaque corps, son énigme. Énigme des corps. » Puis elle n'y pensa plus.

Bientôt Éva put quitter l'hôpital. Habillée de neuf, elle

ressemblait à n'importe quelle petite fille, yeux noirs, duvet noir. Mais il fallut la soutenir jusqu'à l'ambulance, la porter comme une poupée. Chair pâle dans laquelle les cicatrices étaient encore visibles. Maigreur. Front immense. Visage d'hermaphrodite perplexe. Tristesse sans âge.

Son regard fuyait. Tantôt, très vague, il semblait capter des images venues de loin ; tantôt, il se vrillait dans un détail insignifiant : bouton de nacre, fil de laine, cachet rose, miette, de la buée sur une vitre… Elle ne disait rien, absolument rien, mais elle ne paraissait pas en éprouver le besoin. Elle réagissait à certaines demandes, saisissait ce qu'on lui offrait, tendait certains objets qu'on lui réclamait, mangeait seule, et parvint très vite à se déplacer, à petits pas, sans l'aide de personne.

Admise dans un centre spécialisé de la Chartreuse, elle donna à ses rééducateurs des satisfactions imprévues. Elle avançait le long des couloirs, des allées du parc, comme sur un fil, les bras maigres en balancier, seule, très seule, et muette.

Les orthophonistes, eux, étaient dépités, n'obtenant pas le moindre son, même guttural, même soufflé. Pas la moindre articulation. Le silence. À la différence des autres patients, toujours anxieux, craintifs, Éva se propulsait résolument en avant, filant bientôt dans n'importe quelle direction, quitte à vaciller, à perdre l'équilibre. Ce n'était pas de l'audace mais une sorte d'indifférence terrible. Il fallait la rattraper, lui demander de s'immobiliser. Alors elle demeurait debout, statufiée, silencieuse, face au panorama grandiose des montagnes qu'on découvrait depuis la terrasse du centre spécialisé.

Vollard le libraire n'avait pas revu Éva. Plus voulu la revoir. Dès la sortie confirmée du coma, il avait regagné sa tanière et passait ses jours au *Verbe Être*, lisant, rangeant, reprenant d'anciennes conversations avec les clients habituels, subissant Boncassa vers le soir. Il avait pris, par téléphone, des nouvelles de la petite fille. Il n'ignorait rien du diagnostic. Motricité retrouvée. Mais mutisme. Absence.

Durant ses nuits d'insomnie, la lutte entre la « voix mauvaise » et les phrases des livres avait repris. Mais qu'importe ! Vollard voulait à présent oublier l'enfant. Oublier l'accident. Lire, lire, oublier. Oublier l'ultime regard d'effroi enfantin. Oublier le bruit du corps écrasé. Oublier le masque de plâtre. Oublier le fil des textes récités dans le dédale de l'absence. Il s'était souvenu de tant de livres. Il avait tellement récité. Il était épuisé, effondré derrière sa table, tête penchée.

« Tu réciteras au nom de celui qui t'a créé à partir d'un caillot de sang ! Tu réciteras au nom de celui qui t'a créé à partir d'un crachat ! Tu réciteras au nom de celui qui t'a créé à partir d'une tache d'encre ! Tu liras et tu réciteras… »

Vollard n'aspirait plus qu'à se tapir au centre de la grande toile, cerné et protégé par tous les livres.

C'était compter sans la venue de Thérèse Blanchot. C'était compter sans cette visite intempestive, vers la fin du printemps. Elle avait poussé les portes de verre du *Verbe Être* par un sinistre après-midi. Des courants d'air glacé dans les ruelles ombreuses, une chaleur lourde et énervante sur les places ensoleillées. Que venait-elle faire ? Elle avait eu un moment d'hésitation en posant les doigts sur la poignée en forme de livre, puis elle était entrée, se dirigeant vers le fond de la boutique. Madame Pélagie était seule. Elle déclara à la jeune femme qu'elle ignorait où se trouvait Vollard. Thérèse, déçue, faillit repartir, puis elle se mit à marcher très lentement dans le magasin, mais sans jeter le moindre coup d'œil aux livres partout étalés, partout entassés.

— Monsieur Vollard peut revenir d'un moment à l'autre, précisa Madame Pélagie en allumant une cigarette dont elle souffla violemment la fumée par les narines.

Invitée à attendre, Thérèse hésita encore, puis, allumant elle aussi une cigarette, se figea debout devant la porte vitrée. Il s'écoula une heure, puis deux. Madame Pélagie ne s'étonnait pas, ne posait pas de questions, elle comprenait.

Même pour tuer le temps, même pour tromper son impatience, Thérèse ne se pencha à aucun instant sur les livres. On eût dit que les livres n'existaient pas à ses yeux. Pas question de déchiffrer un titre, de caresser même une couverture d'un doigt distrait, de parcourir une page au hasard.

Debout près de la sortie, esquissant par instants le geste d'ouvrir la porte, se ravisant, elle attendit, transparente, les yeux suivant à peine le va-et-vient des passants sur la petite place, tandis que des clients entraient, l'obligeant à s'effacer un peu, et que d'autres ressortaient avec leurs livres.

Thérèse tenait son grand sac bien lourd serré contre elle. Au milieu de tout un fatras odorant, il contenait son cahier à spirale. Brusquement, elle plongea prestement sa main, sortit le cahier à spirale un peu tordu et écorné, hésita à l'ouvrir, mais se contenta de le tenir contre elle, comme un talisman, un dérisoire bouclier couvert de phrases magiques. En travers d'une page, elle avait inscrit : « Énigme des corps. Chaque corps a son énigme. » Mais il y avait des fragments plus longs, notés dans tous les sens, des fragments arrachés ici ou là : « Le malheur de chacun comme une goutte d'eau dans la mer. Chaque goutte d'eau, pourtant, comme une mer à elle toute seule. » Ou encore : « Envier tous ceux qui sombrent. Il fait trop sombre pour les voir sombrer… TRISTE ET SANS IMPORTANCE. »

Au bout d'un moment, Thérèse enfouit à nouveau le cahier dans son sac et attendit.

Lorsque Vollard entra par la porte du fond, il reconnut immédiatement la silhouette de la jeune femme, qu'il lui semblait apercevoir comme à travers une lorgnette tenue à l'envers. Thérèse de dos. Thérèse à contre-jour, ainsi qu'il l'avait vue pour la première fois.

En quelques lourdes enjambées, il fut derrière elle. Elle se retourna brutalement, faillit se précipiter contre lui, se ressaisit et parut ne plus savoir pourquoi elle était venue. Le libraire ne la mettait nullement à l'aise. Énorme, bras ballants, il attendait.

— Éva ?

Thérèse se dépêcha de lui donner des nouvelles :

— Centre spécialisé, oui, toujours, pour longtemps

encore. Ne proférant toujours aucune parole. Mais très douce. Docile. Déconcertante. Très faible aussi. Elle ne mange presque rien. Elle porte les aliments à ses lèvres, elle les garde dans la bouche, attend qu'on lui dise de bien avaler. Elle s'évanouit parfois, comme le docteur l'avait pressenti. De la souffrance, peut-être, quand tous ses traits se crispent, que son corps devient rigide. Mais ça va mieux, ça va mieux. Elle vient quand on l'appelle. Elle marche dans le parc. Elle aime regarder, ramasser des choses par terre. Ils s'en occupent. Elle est bien soignée.

— Je sais… Vous vouliez me voir ?

Vollard se racla furieusement la gorge.

Thérèse eut une petite grimace, mais finit par dire le but de sa visite. Elle expliqua qu'elle ne pouvait plus aller au centre spécialisé tous les jours, ou même souvent ! D'ailleurs, elle venait d'obtenir un emploi à des kilomètres de la ville, à des kilomètres de la Chartreuse. Un emploi plus ou moins stable, correctement payé, mais vraiment très éloigné. Elle n'avait presque plus d'argent. Alors, une fois de plus : vendeuse, serveuse, caissière. Enfin, le mieux, c'est encore dans un bar, toute la journée, ou la nuit, derrière le comptoir…

— Vous comprenez, n'est-ce pas, Monsieur Vollard ? Alors j'ai pensé à vous. Je me suis dit que peut-être, comme vous êtes le seul, dans la région, à la connaître, à vous être tellement occupé d'elle… Vous comprenez ? Une visite de temps en temps. Si vous avez un moment, je ne sais pas, le dimanche… Là-haut, hier, j'ai écrit une lettre, j'ai signé des papiers, j'ai donné votre nom. Tout est en règle. Vous êtes autorisé à la voir, à l'emmener un peu en promenade. Vous comprenez ? Moi, je dois y aller. Je commence demain…

Agacé, Vollard frottait ses mains l'une contre l'autre, se massait les phalanges.

Soudain, Thérèse, sans réfléchir, posa ses deux mains minuscules sur celles du libraire qui formaient un gros paquet osseux, couvert de taches brunes et de poils roux, s'y cramponnant comme à un rocher couvert de lichen. Et Vollard la laissa faire. Avec les hommes, Thérèse était capable de telles audaces machinales. Elle était d'autant plus facilement audacieuse, qu'au fond elle s'en foutait complètement ! Depuis la sortie précoce de l'enfance, Thérèse savait qu'avec les hommes elle pouvait se permettre de faire presque tout ce qu'elle voulait. Mais ce qu'elle voulait, elle n'en savait strictement rien.

Ainsi accrochée à ces mains énigmatiques, la jeune femme, un peu essoufflée, rappela par précaution l'emplacement du centre où Éva séjournait. Elle expliqua où se situait la zone lointaine de ces grandes surfaces commerciales où elle allait désormais travailler, comme vendeuse, serveuse ou caissière.

Vollard sentait les doigts de Thérèse posés délicatement sur ses mains, mais il ne bronchait pas, comme on laisse, en été, un papillon se poser un court instant sur son épaule, sur sa joue. L'été arrivait. Et le papillon se sauva.

La Grande Chartreuse

Comme tout ce qui est massif, la montagne de Chartreuse dissimule une quantité incroyable de plis troublants ou attirants. On dirait qu'une âme énigmatique épouse les plissements argentés de la roche. L'imagerie paisible est pourtant présente : sapins, ondulations herbues, falaises grises, aiguilles calcaires, torrents, combes et pâturages, mais très vite, on soupçonne un sens plus profond, comme si une main immense avait particulièrement froissé la terre à cet endroit, réalisant une complication géologique propice à l'enfouissement des pensées, à la dissimulation des corps, et à un éloignement du monde dans une proximité évidente du ciel.

Depuis des siècles, au cœur secret de ce cœur de roche, un battement monacal, tantôt sourd, tantôt cristallin. Le tintement lointain des cloches comme les ondes d'une grande solitude qui se propagent d'un site à l'autre, à travers failles et fêlures. À la différence d'autres blocs montagneux, la Chartreuse ne se laisse pas aisément parcourir. Quelque chose d'un labyrinthe à plusieurs plateaux puisque tous les lieux qui sur une carte semblent proches, sommets, petites vallées, replats, sont en réalité complètement séparés.

C'est dans la Chartreuse que Vollard venait marcher, souvent, jusqu'à l'épuisement. Il marchait. Il parlait en marchant, s'épuisait à marcher et parler. Vers le soir, quand la courbure de l'espace devient la courbure du temps, quand l'ombre des arbres s'allonge sur des prairies couvertes de millepertuis et de chardons, que la sapinière noire forme un angle bien net avec un champ encore inondé de lumière, Vollard se laissait tomber entre les hautes herbes et les éboulis, l'odeur de la terre et de l'écorce, et là, enfin, il pouvait ouvrir un livre, n'importe quel livre dont les phrases tantôt s'accordaient au paysage, tantôt se déployaient dans un décalage vertigineux.

Deux semaines s'étaient écoulées depuis le passage de Thérèse au *Verbe Être*. Vollard n'était pas retourné dans la Chartreuse depuis l'accident et surtout, il n'avait aucune intention d'aller voir la petite Éva comme sa mère le lui avait demandé avec insistance. Et voilà qu'un dimanche matin de mai, il réalisait qu'il était en train de conduire sa camionnette sur la route en lacet qui conduisait au village d'altitude où se trouvait le centre spécialisé. Il ne savait pas pourquoi il avait pris cette direction. Il n'était pas décidé à rendre visite à l'enfant. Il roulait à faible allure sur la route étroite traversant la forêt. Il n'approcherait qu'à peine. Il ne ferait qu'observer de loin l'endroit où vivait désormais la petite fille.

Le centre, ainsi que d'autres établissements médicaux, se dressait au-dessus du village, sur cet étroit balcon montagneux abrité du vent du nord par une longue falaise et des bois de chênes puis d'épicéas. Lieu retiré, protégé. Ces établissements avaient longtemps été des sanatoriums. Toux rauques, fièvres et crachats dans l'air pur de la montagne magique. Mais désormais, en bas, dans les vallées, la toux n'était plus mortelle. Les sanatoriums n'avaient plus lieu d'être. Maintenant, en bas, dans les vallées, on se tuait plutôt dans des collisions. On se faisait broyer et démolir dans des accidents de la route. Désormais, paralysies, traumatismes, hémiplégies, amputations. Des libraires écrasaient des petites filles.

Vollard gara sa camionnette sur la place du village, enfouit par précaution quelques livres dans une sacoche et se dirigea, à pied, vers les imposantes bâtisses des centres médicaux. Les explications de Thérèse furent suffisantes pour trouver celui où Éva, choquée, muette, mais ayant recouvré l'usage de ses membres, végétait. Sur le chemin, il croisa une petite troupe de fauteuils roulants occupés par de jeunes patients aux jambes atrophiées, aux cous maintenus par des minerves et aux bras maigres que poussaient d'autres jeunes gens, bien valides, et qui bavardaient entre eux.

Il hésita, puis il pénétra dans une sorte de parc herbu s'achevant par une vaste terrasse dominant le paysage. Là encore, en plein air, toute une jeunesse cabossée, abîmée et quelques hommes mûrs munis de béquilles, de prothèses. Vollard avançait toujours. La sacoche alourdie par les livres battait contre sa hanche. Il croisa un homme avec de longs cheveux blancs qui progressait très lentement à l'aide d'un déambulateur. Et encore des fauteuils roulants.

Mais là-bas, Vollard en eut d'emblée la certitude, la petite fille qui se tenait immobile devant le muret de pierres grises, face à cette barre grandiose de montagnes au sommet encore enneigé qui se déployait de l'autre côté de la vallée, cette petite fille était Éva. Il la reconnaissait, même de dos, comme il avait reconnu sa mère. Ses cheveux avaient poussé. Les bras le long du corps, elle ne bronchait pas. Le regard perdu, très loin, très haut, dans la neige, dans le bleu. Il y eut un peu de vent et Éva tourna légèrement la tête. Sa frange brune soulevée par le souffle d'air frais.

Lorsque Vollard aperçut ce regard, pas même triste, mais vide, insoutenable d'abandon, il comprit qu'il s'était aventuré beaucoup trop loin, qu'il avait vu plus qu'il n'en pouvait voir : sourde panique de croiser à nouveau ce regard. À quoi bon ? Elle était là. Vivante. Pétrifiée.

Vanité de tout ce qu'il pouvait encore faire ou dire. Vanité des vanités.

Prestement, il quitta le parc du centre et dévala le chemin jusqu'au village où un grand soleil baignait le gris-rose des toitures et le jaune des murs sur lesquels grimpaient de vieilles glycines. Et Vollard eut envie de demeurer en ce lieu. Seul, dans la tiédeur ignorante des choses, sur ce balcon montagneux si difficile d'accès. Midi sonnait. Une cloche qui n'en finissait pas de retentir. Des sportifs de tous âges, solidement chaussés, déposaient leurs sacs à dos contre un mur de pierre et s'asseyaient aux terrasses des auberges. Vollard eut alors faim et soif. À son tour, il s'assit à l'une des tables de bois, sur la place du village ouverte sur le vaste paysage et posa machinalement devant lui le premier livre extrait de sa sacoche. « *J'ai cherché partout le bonheur, mais je ne l'ai trouvé nulle part, sinon dans un petit coin, avec un petit livre.* »

Manger, boire, lire, dans la rumeur des conversations et le choc des verres. Anesthésie générale. Mousse de soleil dans la bière. Une indifférence cosmique qui était en même temps une épouvante et une sorte de « tout est bien ».

Plus tard, il reprit le volant de sa camionnette et roula à petite vitesse. Le corps comprimé. Le bras débordant par la vitre baissée. De l'air frais sur le visage. Il avait une fois de plus nettoyé les verres épais de ses lunettes, mais il avait de toutes choses, montagnes, forêts, villages, prés, routes, une vision vague, presque floue. Comme à l'ordinaire, des phrases lui revenaient, qui contribuaient à maintenir le décor à distance.

Il roulait dans un paysage splendide. La route montait sans cesse selon de larges boucles qui épousaient le corps de la montagne. La lumière d'une fin de printemps estompait les herbes hautes et les feuilles neuves des arbres. Tout se fondait tantôt dans une vapeur dorée, tantôt dans une brume bleutée par l'ombre. Le monde comme le sourire énigmatique d'un dieu sans limites, trop heureux d'avoir définitivement abandonné sa création et ses créatures.

Soudain, Étienne Vollard découvrit une vaste étendue d'eau verte et profonde. Un lac artificiel, plat comme une tôle, avec des rives escarpées. Trop calme, presque surnaturel, le lac d'altitude allait en se rétrécissant jusqu'à l'entrée d'une gorge où il se déversait en torrent abondant et grondant entre les roches nues, jusqu'à la vallée située plus loin, beaucoup plus bas.

Alors il devina le pont, arche squelettique jetée au-dessus de l'entrée des gorges. Approchant encore, mais de plus en plus lentement, il distingua des taches de couleurs sur le pont, des silhouettes. Arrêtant sa voiture à bonne distance il continua à pied. La route était presque déserte et poussiéreuse ; de petits fragments de roche, détachés du flanc de la montagne, avaient roulé ici et là. Vollard marchait dans le silence et l'odeur de terre. Le pont était tout près. Soudain on entendit la longue modulation d'un cri, répercuté par l'écho. Un cri immense, un hurlement de terreur ravie, de ravissement triomphant. Quelqu'un venait de sauter. L'écho répercuta aussi quelques applaudissements, puis il y eut encore des cris, de plaisir ceux-là, de triomphe.

Vollard s'engagea sur le pont au milieu duquel s'agitait un groupe de jeunes gens. Une pancarte indiquait : « Centre européen de saut à l'élastique : 108 mètres de vide ! » Dessous, en lettres fluorescentes : « Tentez l'aventure du vertige », et une sorte d'homme-oiseau plutôt mal dessiné. Contre le parapet, un homme actionnait paisiblement un treuil à moteur afin de remonter la personne qui venait de sauter et pendait à présent au bout du filin. Vollard se pencha et vit un jeune corps qui s'élevait en se cramponnant avec élégance à l'extrémité de l'élastique tenu d'une seule main. La main restée libre, gantée de jaune, envoyait des baisers au petit groupe de ceux qui attendaient, penchés au-dessus du gouffre au fond duquel bouillonnait le torrent.

C'était une fille en combinaison d'escalade rouge vif. Elle prit pied sur le parapet en riant. Elle ôta son casque, rouge lui aussi, et une cascade de cheveux blonds coula sur sa nuque, ses épaules. Des garçons lui tendirent les bras, les mains. Elle en embrassa plusieurs. Tous ces jeunes gens semblaient complices. Sportivement vêtus, tous paraissaient jouir de la réalité, de leur corps, des choses, de la lumière, avec une facilité insolente. Vollard s'accouda discrètement à la balustrade. Un nouveau plongeur était déjà debout au-dessus du vide. Le regard perdu loin devant lui. Concentré, casqué, ganté. Bras en croix. Pieds joints. L'extrémité de l'élastique solidement fixée à ses chevilles. Silence général. Attente. Il inspire profondément puis, dans un cri immense, il plonge, piquant droit dans le gouffre, droit dans le noir, dans cette piscine absurde, cette ombre humide, comme s'il allait se fracasser, tout au fond, sur les roches luisantes.

Bien sûr, à la dernière seconde, l'élastique se tendait, s'étirait, se tendait encore, ralentissait la chute libre, la freinait de plus en plus, la ralentissait selon une longueur précisément calculée et, à l'instant où l'homme aurait dû s'écraser sur le sol, il rebondissait, repartait vers le ciel, le long fil ondulant mollement derrière lui.

Et le corps retombait. Puis il rebondissait encore. L'homme criait avec de plus en plus d'allégresse. Yo-Yo humain. Pendule gigantesque. Le cœur de Vollard battait, se soulevait. Ce mélange familier de nausée et d'angoisse. Il s'approcha du groupe afin d'observer le visage de celui qui remontait. La fille blonde quittait sa combinaison, ses belles épaules émergeaient du tissu écarlate, des épaules nues, bronzées, de longs bras, des gestes dont l'aisance était évidente, naturelle.

« Qu'ont-ils eux, que je n'ai pas ? Pourquoi peuvent-ils sauter ? Vivre comme ils sautent ? Respirer, se parler, regarder les choses avec cette légèreté ? »

Trois hommes et deux femmes, tous vêtus de tenues bariolées et moulantes, sautèrent encore. L'homme qui s'occupait du treuil dévisageait Vollard. Plusieurs jeunes gens le regardaient avec curiosité.

— N'importe qui peut sauter comme ça ? demanda Vollard d'une voix blanche, presque enrouée. Il se racla la gorge et répéta : n'importe qui ?

— Bien sûr, Monsieur, tout le monde peut sauter. C'est la peur qu'il faut vaincre. La peur du vide. À condition que le type ne soit pas cardiaque bien sûr. Mais il n'y a pas de risques. Tout est calculé.

Vollard s'éclaircit à nouveau la gorge, ajusta ses lunettes et s'entendit encore articuler :

— Et le prix pour un saut ? C'est combien ? Aujourd'hui, ce serait encore possible ? Il faut prendre son tour ?

Plusieurs personnes s'étaient approchées. L'homme du treuil, avec un étonnement sincère, dit alors : « Mais c'est pour vous que vous demandiez ? », insistant sur le « vous », en même temps qu'il examinait Vollard des pieds à la tignasse, comme pour évaluer son poids.

« Non, pas pour moi, pour un ami, un jeune homme », allait dire Vollard, mais sa voix, complètement autonome, articula :

— Oui, pour moi, je voudrais essayer. C'est possible ?

L'homme au treuil était bien plus petit que Vollard. Râblé, buriné, calme. Il esquissa un sourire, qui se figea sur ses lèvres comme s'il prenait conscience de quelque chose de plus grave, qui le dépassait. L'habitude sportive et montagnarde de garder son sang-froid lui fit répondre :

— Oui, pas de problème. Si vous voulez essayer, vous pouvez. Dans quelques minutes, quand ceux qui sont déjà inscrits seront passés.

Mais Vollard avait l'impression que le sourire gêné que l'homme était parvenu à gommer de ses lèvres courait maintenant sur les lèvres des autres jeunes gens qui écoutaient. Et Vollard avait le sentiment de s'enfoncer dans une situation complètement absurde. Loin de chez lui. Loin des livres et de la librairie. Seul avec ces anges colorés, musclés. Des êtres humains trop beaux, trop vrais.

Bientôt, il fut cerné par une meute de braves jeunes gens qui, tant bien que mal, tentèrent d'installer le harnais, de placer les courroies de cuir autour de ses chevilles. Plus personne ne riait, mais l'absence de rire était plus pénible encore. Moins effrayé, Vollard se serait presque laissé attendrir par l'empressement suspect de ces gens qui feignaient de ne pas s'étonner de ce qu'un homme déjà âgé fût venu sauter du haut de ce pont, vêtu de cette immense veste grise, cet immense pantalon gris, cette immense chemise blanche trempée de sueur.

— Il faudra ôter vos lunettes pour sauter, n'est-ce pas ?

La fille blonde proposa de lui tenir sa veste.

— Nous allons vous prêter un casque, ne vous en faites pas. Et des gants.

Il était presque midi. D'autres voitures s'étaient garées un peu avant le pont. Il y avait quelques badauds. Certains avec des appareils photo. On pouvait regarder et filmer cet homme, ridiculement harnaché. À la fois volumineux et fragile. Incongru. À la dernière minute, pour conjurer la peur qui enflait, le paralysait, c'est lui qui posa la question concernant son propre poids.

— Trop lourd ? Mais non, pas de souci, lui répondit-on. L'élasticité est calculée pour des poids allant jusqu'à cent cinquante kilos.

On lui fait poser le pied sur le petit escabeau. Une marche. Une autre. Il entend le grésillement d'un caméscope. Quelqu'un le filme. Il est debout sur le parapet. Au bord du vide. La petite foule se tait. Son cœur bat. La nausée le fait presque défaillir. Que fait-il là ? Dominant la maigre troupe, il pourrait se mettre à leur réciter n'importe quoi. Réciter par cœur. Un peu de calme se ferait. Réciter l'empêcherait de perdre connaissance.

Il devine l'entonnoir noir. Les roches. Cent huit mètres dans le vide. Il a le temps de se souvenir que, même dans les piscines, lorsqu'à l'école on l'obligeait à nager dans l'eau chlorée, il n'avait jamais plongé. Ni dans la mer !

Derrière lui, dans un silence de mort, il entend : « Allez-y ! » Il a les bras serrés contre ses hanches. Le soleil brûle. Le pont est inondé de lumière, mais Vollard grelotte. On lui dit encore : « C'est quand vous voulez… »

Mais Vollard ne redoute qu'une chose : que ses jambes le lâchent et qu'il s'effondre plus qu'il ne saute, dans le trou effrayant. Fusent alors un, deux encouragements, suivis d'une première raillerie, puis d'une parole de défi.

Il voudrait seulement retrouver la force de faire le pas en arrière. Partir. S'arracher à ce piège. Enfin il entend : « Bon, ça arrive, ça peut arriver. C'est le trac. Ne vous forcez pas. » Horrible délivrance : le fameux « ça arrive… » de tous les fiascos. Le « ça arrive » qu'ont entendu et entendront tous ceux qui, encombrés d'eux-mêmes, ne peuvent se montrer à la hauteur d'un défi absurde et dérisoire.

— Monsieur, ça arrive, vous savez… N'insistez pas. On va vous aider à redescendre.

Alors, Vollard abandonne. Il vacille sur l'escabeau. Déjà un candidat au plongeon s'impatiente, le bouscule un peu. Vollard voudrait les entendre rire. Mais non, personne ne rit ni ne ricane. On lui rend ses lunettes. La fille blonde lui tend distraitement sa veste. Il s'éloigne sur le pont et personne ne le regarde s'éloigner. Il faut qu'il se fourre d'urgence quelque chose dans le tube digestif, que ça lui remplisse la bouche, le ventre, la tête. Au bout du pont, il y a un marchand ambulant. Vollard achète une pizza, de la bière. La mousse coule dans sa barbe. Puis, alors qu'il ne pense qu'à quitter les lieux, il va se recroqueviller un peu plus loin au bord de la route, près d'un rocher, à l'ombre des sapins.

Il voudrait s'enfoncer dans la défaite, un vide qu'il ne pourra jamais combler. Peu à peu, Vollard s'apaise.

Il était sous ce rocher. Personne ne pensait plus à lui. Alors les phrases commencèrent à revenir. Phrases trop connues. Venues d'où, ces maudites phrases ? Montées de quel gouffre ? « *... le plus morne combat qui se puisse concevoir. Il se déroule dans une pénombre impalpable, rien sous les pieds, rien autour de vous, pas de témoins, nulle clameur, nulle gloire, aucun grand désir de victoire, pas de grande appréhension non plus de la défaite.* »

Vers la fin de l'après-midi, le soleil commença à plonger derrière les sommets qui dominaient le lac. Suspendu au-dessus du gouffre, le pont était mangé par l'ombre. Les plongeurs à l'élastique étaient moins nombreux. Ils se reposaient, bavardaient, buvaient ensemble.

C'était l'heure à laquelle on revient sur ses émotions, sur la peur qu'on a surmontée. On évoque d'autres frayeurs, en montagne, sur la glace, dans la neige, ces escalades vertigineuses dans des cascades de glace, ces plongées dans des mers lointaines. Les jeunes gens étaient accroupis autour du treuil, dont le moteur était coupé. On entendait le mugissement du torrent, et de temps à autre le cri d'un rapace qui s'élevait dans la dernière lumière. Les badauds étaient partis depuis longtemps. Un grand calme. L'attente du soir, un soir de plus.

Personne ne se demandait pourquoi se livrer à ces plongeons dérisoires. Pour se prouver quelque chose ? Preuve instantanément abolie, évidemment. Preuve de quoi ?

Non, les jeunes gens étaient des amoureux de l'instant, des amis du réel. Leurs corps étaient immédiatement à leur place dans le monde, immédiatement accordés aux autres corps. C'était comme ça. Filles et garçons pouvaient tranquillement rire et bavarder ensemble.

L'homme au treuil s'apprêtait à ranger le matériel. Le marchand de pizzas ambulant avait disparu. Les jeunes se dispersaient très lentement. C'est alors qu'ils virent revenir dans leur direction l'immense bonhomme auquel personne ne pensait plus. Sa veste grise sur son bras, il avait rentré sa chemise dans son pantalon. Il esquissait un sourire désolé. Très vite, il posa sa veste sur le parapet, fit comprendre qu'il désirait être harnaché, casqué. Il ramassa une paire de gants de cuir qu'il enfila comme un boxeur qui va se battre. Il tendit ses lunettes à la fille blonde.

De lui, il émanait une détermination violente, une fureur profonde à laquelle les jeunes gens n'étaient pas préparés, une fureur qu'ils ne pouvaient comprendre, et à laquelle ils se soumirent presque automatiquement. Le silence était grand. Le soleil absent. Cris des rapaces et bruit du torrent. À peine équipé, Vollard enjamba le parapet, et sans attendre un signal, sans prendre la pose du plongeur, lourdement, maladroitement, il se jeta dans le vide, tournoyant sur lui-même, les bras s'agitant en tous sens, les pans de la chemise arrachés du pantalon et battant comme des ailes trop petites. Rien du saut de l'ange : la chute d'un grave. Vollard tomba jusqu'à ce que la poigne géante le retienne brutalement par les chevilles, atténuant progressivement sa vitesse, tandis que le fond du ravin se rapprochait, qu'un froid glacial l'enveloppait.

Quand l'extension fut à son comble, Vollard sentit son corps arraché violemment vers le ciel, comme si ses cent dix kilos n'étaient soudain plus rien. L'impression de flotter dans une éternité de malaise, sans savoir s'il montait encore ou retombait déjà, puis une nouvelle chute, un nouveau bond, et d'autres chutes encore.

Peu à peu les mouvements de ressort diminuaient. Le Yo-Yo ridicule s'immobilisait, totalement déroulé et pendouillant, mais le corps immense oscillait encore comme un balancier au-dessus de la chair noire et gluante des rochers. Vollard eut beau se contorsionner comme il l'avait vu faire aux autres plongeurs, il ne parvint pas à saisir le fil qui liait ses chevilles, ni à redresser son corps en grimpant d'un mètre ou deux le long de la corde. Il continua de pendre par les pieds, les yeux à dix mètres du sol sur lequel il ne s'était pas fracassé, attendant qu'on mette le treuil en route et qu'on le remonte mécaniquement.

Il eut du mal à retrouver une respiration régulière. Les narines et les yeux, les cheveux pleins de vomi. Car il avait un peu vomi, il s'était vaguement vomi lui-même, cet Œdipe raté, sans destin ni complexe, pendu à un immense ombilic de caoutchouc. Mais il sentait bien que les phrases, celles des livres, restaient solidement fixées à sa cervelle.

On le hissa. On le soutint. On l'aida à se nettoyer, à arranger sa chemise, à remettre sa veste et ses lunettes. Personne ne dit rien. Personne n'avait la moindre envie de rire. Les organisateurs rangeaient le matériel à toute vitesse tandis que Vollard, titubant, s'éloignait sur le pont puis sur la route, afin de rejoindre sa camionnette.

Quand il fut casé dans l'habitacle, le volant contre l'estomac, les chevilles douloureuses, les tempes battantes, il fut saisi par l'odeur qu'il dégageait. La sueur avait inondé sa chemise, son pantalon. Le vomi collait encore à ses cheveux, à sa barbe. Ses lunettes étaient dégoûtantes. « Je pue, je pue maintenant », se dit-il. Et il pensa qu'en plus de la sueur et du vomi, il puait aussi l'angoisse, cette odeur étrange de cadavre et de jus rance qui, à la fin, imprègne tout.

La petite Chartreuse

Le dimanche suivant, c'est sans hésiter que Vollard revint au centre spécialisé. Il se présenta à un sous-directeur qui bâillait à s'en décrocher la mâchoire, mais, dans le désordre de son minuscule bureau, finit par retrouver la lettre de Thérèse Blanchot autorisant un certain « Monsieur Vollard (Étienne), libraire de profession », à rendre visite à la petite Éva dont la rééducation était difficile.

Vollard s'étonna de ne pas devoir justifier de son identité, mais il suivit sans rien dire le sous-directeur à travers les couloirs.

— Je dois vous avouer, Monsieur Vollard, que vous étiez très attendu ici. Vous êtes un oncle ? Un parent ? Enfin, ça ne me regarde pas ! Mais il est souhaitable que la fillette ait des visites. La maman a dû accepter un travail loin d'ici, je crois... Elle n'est que très peu venue et restait à peine quand elle venait. Pourtant l'enfant va bien, mais il n'y a guère de changements. Les séquelles paraissent irréversibles. Toujours ce mutisme.

Ils pénétrèrent dans une vaste salle où les jeunes gens cabossés par les accidents les plus terribles jouaient aux cartes, assis dans leurs fauteuils roulants, le torse enserré dans des corsets rigides, le menton soutenu par des minerves. Un téléviseur déversait une sauce épaisse d'inepties colorées. Certains handicapés, la voix rendue bizarrement pâteuse ou saccadée par une bouche tordue, s'injuriaient pour un paquet de cigarettes. Ils avaient des gestes contrefaits et théâtraux qui se voulaient grossiers.

Éva était assise dans ce vacarme, exactement sous l'étagère supportant le téléviseur, indifférente à la fumée des cigarettes et aux vociférations. Rêveuse à vide. Regard vague. Vollard, en l'observant, pensa sans trop savoir pourquoi à un appareil de projection, tournant et cliquetant, diffusant un rayon de chaude lumière, mais dans lequel la pellicule couverte d'images aurait manqué.

Il s'accroupit du mieux qu'il put devant l'enfant si calme et si frêle. Il tendit à plat sa main ouverte, immense, mais la fillette ne réagit pas. Pourtant, elle regardait cette main et on aurait pu imaginer une lueur d'ironie au fond de ses yeux cernés. Alors Vollard s'empara délicatement de la main d'Éva, comme il eût fait d'un petit animal, grenouille-fauvette ou sauterelle-hermine, et il la posa au creux de sa propre paume. Imperceptiblement, les deux mains disproportionnées se fermèrent l'une dans l'autre. Vollard serrait à peine, mais les petits doigts bougeaient aussi, agrippaient doucement, acceptant de se lover dans cette chair chaude creusée de lignes de vie, de malchance et de cœur.

— Bien sûr que vous pouvez l'emmener en promenade ! Mais bien sûr ! Elle participe aux sorties en groupes, mais personne ne l'a jamais emmenée marcher, toute seule, sur les chemins autour du centre. Sa maman a rarement le temps. Les jambes d'Éva vont bien désormais.

Vollard et Éva quittèrent le bâtiment du centre et s'éloignèrent. Vollard se courbait un peu pour tenir par la main l'enfant qui se laissait guider, muette. Aussitôt, ils furent en pleine nature, sur un chemin de terre, allant je ne sais où… On n'aurait su dire si la petite fille observait le décor montagneux ou si rien n'accrochait son attention, mais on eût dit qu'elle captait malgré tout quelque chose, respirant fort, narines dilatées, et fermant par instants les yeux comme si elle soupesait l'air vif sur la subtile balance de ses paupières.

Vollard, se forçant à abandonner ses habituelles grandes enjambées, réglait son pas sur le trottinement de ce poids plume dont la soumission paisible donnait l'illusion d'une confiance. Ils avancèrent lentement entre des chênes clairsemés, sur un sentier bordé de hautes herbes et de blocs rocheux, puis entre des épicéas sévèrement serrés les uns contre les autres. Un peu tendu, le libraire guettait sur le sol les racines saillantes et les pierres, pressant plus fort la main blottie dans la sienne, mais Éva marchait sans trébucher. Au-dessous d'eux, le centre spécialisé apparaissait de temps à autre, entre les troncs.

Comme le chemin devenait trop escarpé, Vollard choisit de bifurquer et s'engagea sur une prairie. Il allait au hasard. Il désirait offrir à l'enfant une vraie promenade. Il avait l'impression que la Grande Chartreuse allait se refermer sur eux comme une main gigantesque. Tout était en suspens, dans cette fraîcheur, cet air des montagnes grisant comme de l'alcool.

Ils atteignirent un vaste espace couvert d'herbe épaisse et élastique. Des blocs rocheux, tombés de la montagne et couverts de lichen orangé, ressemblaient à des bêtes primitives, tassées sur elles-mêmes, la gueule enfouie dans la terre.

Vollard eut alors l'idée de lâcher la main de la petite fille, de la libérer en lui donnant une très légère impulsion afin de l'inciter à avancer seule dans toute cette lumière. À faire quelques pas vraiment seule. Prendre un peu d'élan. Et pourquoi pas bondir, courir, comme un animal dont on lâche la bride ou la laisse.

Mais Éva, posément, replaça sa main au creux de la paume de Vollard et attendit, regardant loin devant elle, qu'il voulût bien marcher à nouveau. Ce qu'il fit, avec lenteur, éprouvant de sa main libre la rugosité des rochers et tombés là depuis des siècles.

Il revint au bout de trois jours. Cette fois, Éva et lui, cahin-caha, marchèrent jusqu'à un torrent rapide et transparent qui coulait dans une autre prairie. Patiemment, il incita Éva à s'agenouiller dans la mousse. Il y avait une forte odeur de terre et de bois détrempé. Au bord de l'eau, les pierres étaient glissantes. Certaines roulaient sous les pieds. Vollard entra dans le lit du torrent avec ses gros souliers, trempant le bas de son pantalon, et il prit de l'eau dans ses mains, puis tendit à Éva cette coupe débordante.

Il attendit, tandis que l'eau fuyait entre ses phalanges, mais bientôt la petite fille approcha ses doigts et tapota doucement, puis de plus en plus fort, faisant gicler quelques gouttes dans le soleil. Quand il n'y eut plus d'eau, Vollard recommença. Elle se lassa. Elle renonça.

Alors, il lui donna une pierre mouillée qu'elle tint d'abord contre sa joue, mais Vollard, saisissant le bras de l'enfant, l'aida à lancer la pierre dans un trou d'eau. Puis il refit les mêmes gestes avec une autre, guidant et accompagnant le bras maigre, invitant les doigts à la lâcher.

Les yeux noirs d'Éva parurent guetter les « plouf » successifs comme si elle prenait à ce jeu un plaisir ténu. En dépit du mutisme et de l'absence de toute expression heureuse, Vollard croyait deviner une satisfaction enfantine, venue d'une enfance lointaine et complètement anonyme. Lui-même sentait les picotements d'une joie à la fois très vieille et immédiate. Lancer un caillou dans l'eau. Viser et lancer. Faire gicler. Trou et ronds dans l'eau. Sous les yeux d'Éva, il se mit à jeter des pierres de plus en plus lourdes afin d'obtenir des éclats de plus en plus puissants.

Éva restait immobile, bouche bée, le bras légèrement tendu en avant. Elle ne souriait pas, mais Vollard s'imaginait que la lueur de tristesse s'estompait un peu au fond des prunelles.

Quelques jours s'écoulèrent. Vollard reprit la route du centre spécialisé. Puis il revint d'autres fois encore. Éva se fatiguait très vite et ne pouvait marcher que jusqu'au torrent. Vollard avait même l'impression qu'elle cherchait imperceptiblement à l'entraîner dans cette direction. Une fois, il défit la bride de ses sandales afin de la faire marcher dans l'eau fraîche, la soutenant, l'aidant à poser les pieds tantôt sur de grosses pierres qui remuaient avec un bruit creux, tantôt dans le courant, une dentelle d'écume enserrant ses chevilles.

Enfin, il la souleva, sécha ses pieds avec sa veste et la fit asseoir dans la mousse. Tout était silencieux autour d'eux. Dans les bois tout proches, les chocs d'un bec de pivert, le craquement d'une branche. Au cours de ces promenades, Vollard ne parlait presque pas à Éva. Mutisme contre mutisme. Il s'appliquait à marcher à petits pas. Il lui proposait mille sensations infimes. Un jour, après un nouveau bain de pieds dans le torrent, Vollard, toujours debout, s'éclaircit la gorge et, progressant en levant très haut les genoux, se mit à déclamer avec un grand sérieux comique : « *Un jour, sur ses longs pieds, allait je ne sais où, le héron au long bec emmanché d'un long cou…* »

Éva, assise sur une pierre, les jambes au chaud dans la veste de Vollard, semblait le regarder, et l'écouter, tandis qu'il laissait les mots s'allonger et résonner dans le silence : « *Il côtoyait une rivière… L'onde était transparente ainsi qu'aux plus beaux jours…* »

Le libraire prenait l'air dédaigneux du héron. Il levait les pattes, étirait le cou. Ses souliers étaient pleins d'eau. Il répétait : « *transparente !* » et, se baissant brusquement, il agitait ses mains dans le courant comme une carpe et un brochet. Il répétait encore : « *au looonnng bec… Au looonnng cou !* » Soudain, comme il articulait théâtralement : « *Tout approchait du bord, l'oiseau n'avait qu'à prendre...* », il remarqua qu'Éva était secouée de frissons. Elle était blanche. Les yeux enfoncés et brillants. Il eut peur. Il l'enveloppa dans sa veste d'où émergeait la petite tête étonnée, la prit dans ses bras, et dévala le chemin jusqu'au centre spécialisé.

Combien de fois revint-il ainsi chercher Éva pour des promenades plus ou moins lointaines, entre les plis de la Grande Chartreuse ? L'attendait-elle ? Prenait-elle un certain plaisir à ces escapades ?

Il la conduisait dans un décor sauvage, entre les troncs de velours verts et des enchevêtrements de roches et de branches. Mais Éva s'épuisait de plus en plus vite. Elle ne réagissait toujours pas. À plusieurs reprises elle avait semblé vouloir jeter elle-même des pierres dans l'eau. Elle paraissait apprécier de marcher dans le courant. Mais elle demeurait inaccessible. Constatant sa fatigue, Vollard la soutenait fermement, mais dès qu'elle trébuchait, il la portait, d'abord dans ses bras, puis sur ses épaules, lui désignant parfois du doigt un arbre, un sommet, un nuage, ou bien s'immobilisant afin qu'elle écoute le cri d'un pic-vert tout proche.

Dans les villages qu'ils traversaient avec la camionnette, Vollard achetait des pains au chocolat, des pains aux raisins, des baguettes odorantes, mais c'est à peine si Éva en grignotait. Elle ne pouvait presque plus marcher.

Quand elle était sur ses épaules, il la trouvait légère, bien trop légère, et il la maintenait par les poignets, jusqu'à ce qu'elle s'endorme, la joue posée sur sa tignasse. Ils longeaient la muraille de monastères, s'arrêtaient sur des bancs, rencontraient des promeneurs. Ils entraient dans des chapelles perdues dans la forêt. Une fois, Vollard défonça à coup d'épaule la porte d'une cabane forestière, une pluie violente les ayant surpris. Il fit du feu, récita des fables et mima le vol de grands rapaces.

Mais Éva resta muette. À demi effacée derrière une paroi de verre dépolie, prise dans les glaces d'un grand vide.

Une fois, ils avaient croisé des moines vêtus de leur aube blanche, muets eux aussi, qui marchaient dans les sous-bois en se penchant sur les racines et les feuilles mortes, un panier à la main.

Pour Vollard, Éva devenait la petite Chartreuse. Silencieuse sans en avoir fait le vœu. La très pâle moniale. L'enfant cloîtrée. L'enfant privée de voix et de joie, privée d'enfance. Mais au fil de ces errances dans la Chartreuse, bizarrement, ce n'était pas le poids écrasant et absurde de l'accident que Vollard ressentait en compagnie de la petite fille, mais un inexplicable allègement, un soulagement, un apaisement dû à ce rituel de marche lente, de silence, de contemplation de choses infimes. Comment un si petit être, émettant si peu de signes, pouvait-il lui donner cette impression de discret équilibre, de nécessité fragile mais heureuse ? Le sentiment confus que tout pouvait se résumer à ce va-et-vient entre la librairie et l'hôpital s'intensifiait encore en passant, Éva à ses côtés, du centre spécialisé à la nature sauvage. Il se doutait bien que cette impression était provisoire. Cet accord aussi impalpable que la fumée, il en pressentait confusément la fin, sachant bien que la petite fille ne connaîtrait ni guérison, ni même amélioration de son état, que les miracles ne sont qu'un mélange d'artifice et de hasard.

Marcher quelques jours de sa vie en compagnie de l'enfant, dans une brume de soleil et de pollen, la splendeur des prairies et des bois, lui suffisait. Avec cette main minuscule dans la sienne, son propre corps lui semblait moins encombrant et, de retour chez lui, seul au-dessus du *Verbe Être*, il acceptait mieux les insomnies au cours desquelles le combat entre les phrases de l'angoisse et celles de la mémoire perdait un peu de sa violence. Dans le sommeil de l'aube, il lui arrivait de rêver qu'il marchait dans la Chartreuse, seul, dans un chaos de roches grises, qu'il avait perdu la petite, qu'il la cherchait, qu'il l'appelait.

Éva devenait l'enfant qu'il n'avait pas eu, qu'il n'aurait jamais, d'aucune femme. Joie explosante-fixe de Vollard le fruit sec : « Oui, joie, joie que j'aurais eue si j'avais eu…, joie qu'ils doivent éprouver ceux qui peuvent dire “mon enfant”, ceux qui peuvent penser paisiblement “mon fils, ma fille… Mon petit qui est là, près de moi, confiant… Le voilà qui s'endort tandis que moi je veille… Qui s'endort avec ce chiffon entre les doigts, cette bête en peluche complètement usée. Il respire, il est là… J'effleure ses joues lisses, ce duvet sur sa nuque… Il a besoin de moi comme j'ai besoin de cette vapeur de naissance qui flotte autour de lui…” Se rendent-il seulement compte, ceux qui ont vraiment des enfants, de ce banal miracle du renouvellement du monde ? Se rendent-ils compte de cette énergie de l'enfance ? Éprouvent-ils la force de ce “oui” discret, étonné, joueur, qui permet qu'une suite ait lieu, de ce “oui” qui flotte sur le pire comme la brindille d'une chance nouvelle ? »

Éva devenait aussi l'enfant que Vollard avait été, celui qu'il aurait pu être, dans un inaccessible autrefois. On se tient sous la pluie trompeuse des « je me souviens ». Retour inopiné de l'enfantin. Je me souviens du cimetière des mouches tuées à coup de torchon et qu'on aligne sur le plancher, bleues, un peu sanglantes. Je me souviens de l'oiseau trouvé blessé dans un coin de jardin et qu'on achève, plus par curiosité anxieuse que par compassion, en lui maintenant la tête dans l'eau du bassin. Je me souviens des yeux ouverts dans la nuit noire et de la porte du placard restée entrouverte par laquelle la chose va surgir. Je me souviens de ce jour de grippe et de fièvre où seul, roulé dans une couverture, je lisais un conte dans lequel il neigeait à gros flocons. Fasciné par ces seuls mots : « *Il neigeait…* », quand soudain, levant la tête du livre et comme alerté par un étrange silence, je découvrais que dehors, dans les rues de la ville, il neigeait magiquement aussi, que tout devenait blanc. Puissance du conte ! Transfiguration du monde par la neige et les mots. Je me souviens des longs moments d'immobilité, ces moments d'observation demeurés en suspens dans l'enfance. Je me souviens du précaire refuge de ce corps maladroit, qui ne cesse de grandir, de grossir, et de sa solitude derrière les lunettes aux verres épais comme les hublots d'un sous-marin. Souvenir écœurant d'une solitude protectrice et d'un égarement effroyable.

Tant que durèrent les promenades, les spectres de l'enfantin rôdèrent autour de Vollard, comme si Éva avait le pouvoir de les attirer, de les apprivoiser. Plus Éva demeurait silencieuse, plus les spectres approchaient.

La petite fille avait une façon de se tenir debout, se berçant doucement d'un pied sur l'autre, la tête un peu inclinée, le regard perdu, bras ballants ou bras croisés, la frange des cheveux noirs soulevée par le vent. Ou bien elle demeurait assise, les mains posées à plat sur ses maigres cuisses, avec une capacité effarante de ne rien attendre. Parfois, elle se baissait pour ramasser un caillou qu'elle portait à sa bouche puis lâchait sans raison. Parfois, ses doigts arrachaient des pétales de marguerites, ou bien déchiraient, guidés par Vollard, la gaine verte de coquelicots pas encore éclos afin d'en extraire la légèreté rouge. Ses mains faisaient une cage minuscule à des sauterelles énervées.

C'est dans ces moments-là que les spectres de l'enfantin tournaient autour du vieux Vollard. Spectres d'une enfance anonyme et brumeuse. D'une enfance sans époque qu'il contemplait sans attendrissement ni regrets. Mais il savait aussi que ces marches dans la Chartreuse, que cette éclaircie dans sa vie ne pouvaient durer. La fillette était de plus en plus épuisée. Quelques pas, et l'essoufflement survenait. Le visage contracté par une souffrance qui ne s'exprimait pas mais paraissait user le corps, l'amaigrir, rendre le teint cireux.

Comme le personnel du centre déplorait l'anorexie presque totale d'Éva, Vollard arrivait toujours avec des fruits, du chocolat, des pâtes de fruits, mais la gosse n'avalait plus rien. Elle dépérissait.

Un jour, dès les premières minutes de la promenade qui se limitait à présent à un minuscule tour dans une allée du parc, la petite fille eut une crise étrange. Ses yeux roulaient, se révulsaient, elle perdit l'équilibre, s'affaissant sur elle-même au ralenti ; Vollard n'eut que le temps de la ramener à l'infirmerie, presque inanimée dans le berceau de ses bras. Il voyait l'écume blanche qui coulait des lèvres de l'enfant en inondant sa manche et constatait qu'elle ne pesait plus rien du tout.

« Crise épileptoïde », diagnostiqua le médecin, tandis que le sous-directeur, toujours bâillant, s'inquiétait : « Mais la maman ne vient donc plus ? »

Vollard réalisa que durant ces longues semaines Thérèse Blanchot s'en était entièrement remise à lui. Elle l'avait fait père, vieil oncle dévoué, ou gros parrain prenant en charge Éva, tandis qu'un autre homme, quelque part dans le monde, ignorant peut-être tout de sa propre paternité, vaquait tranquillement à ses occupations.

Thérèse n'était passée que deux fois, en toute hâte ; et elle téléphonait régulièrement, timidement, sachant très bien que l'homme du *Verbe Être* emmenait sa fille en promenade. Mais elle ignorait que l'air des forêts de la Chartreuse, l'air humide et vif de cette montagne qu'on respirait dans ces failles rocheuses où mugissent les torrents, minait davantage l'enfant malade et muette, l'enfant à la tête abîmée.

Brutalement, sans bien comprendre pourquoi il prenait cet engagement, Vollard s'entendit déclarer au médecin et au sous-directeur, d'un ton exaspéré ou désespéré, mais ferme, qu'il allait retrouver cette mère éphémère, lui faire prendre conscience de l'état de sa fille, et la convaincre de revenir, bon gré mal gré, et de passer du temps auprès d'Éva, enfin le temps qui restait. Quand il quitta le centre, il était décidé à ramener Thérèse Blanchot, à s'arracher lui-même à ce rôle ridicule de père provisoire. Il songeait à cette poudre d'enfance qu'il n'avait su retenir entre ses doigts épais.

L'oubli des livres

Il fallait retrouver Thérèse le plus vite possible. C'est ce que Vollard se répétait. Lui dire à quel point sa fille allait mal. La convaincre de revenir et de ne pas repartir trop vite.

Vollard avait compris où se situait la zone de grandes surfaces commerciales où Thérèse prétendait avoir trouvé du travail, mais il ne se souvenait pas (d'ailleurs le lui avait-elle dit ?) de quel emploi il s'agissait. Caissière, coiffeuse ou bien vendeuse ? À moins qu'elle ne fût serveuse dans un bar ? Hôtesse d'accueil ? Il avait laissé Éva bien mal en point. Il savait qu'elle allait s'affaiblir encore, se laisser aller, et s'éteindre. En descendant de la montagne, il essayait d'oublier ces mille sensations éprouvées en compagnie de l'enfant, mais il entendait malgré lui le plouf des cailloux jetés dans l'eau, le grincement des branches dans le silence, les chocs du bec du pic-vert dans l'écorce et il sentait encore la tiédeur de la main de la gosse. Cela le mit en fureur. Sa vie, toute sa vie, derrière lui depuis longtemps, n'avait aucun besoin d'une injection de sentimentalisme.

Revenu en ville et parvenu sur la petite place du *Verbe Être,* il comprit, à l'agitation inhabituelle du quartier, qu'un autre désastre avait eu lieu.

— Le feu ? Où cela ? Une librairie ?

Vollard fendit la petite foule des badauds qui toussaient tandis que des nappes d'une fumée lourde achevaient de s'écraser sur le sol où ruisselaient d'énormes quantités d'eau. L'odeur âcre agressait les narines, les poumons. Vollard vit que les portes du *Verbe Être*, plongé dans l'obscurité, étaient brisées, le plancher transformé en une trouble piscine à la surface de laquelle des pages remuaient comme des plantes aquatiques.

Des pompiers enroulaient déjà la lance d'incendie, tandis que d'autres, bottés et casqués, surgissaient de l'arrière-boutique dont ils extrayaient des masses informes à la fois calcinées et trempées. Vollard se présenta à celui qu'on lui désignait comme le capitaine, qui l'entraîna vers les policiers restés sur le seuil. On lui expliqua calmement ce qui s'était passé, comme si l'événement relevait d'une routine accablante.

— Sans doute un mauvais contact près de votre compteur électrique… Une étincelle aura mis le feu à des objets ou des emballages de matière plastique qui se sont consumés très lentement mais en dégageant une fumée noirâtre, collante qui s'est répandue dans le magasin. Une fumée grasse s'est d'abord déposée sur tous les livres, sur les murs, oui, absolument partout, et c'est l'odeur épouvantable qui a donné l'alerte… De la chance ! Beaucoup de chance ! Pour l'immeuble, pour le quartier. Rien n'a vraiment flambé, heureusement ! Mais quelque chose s'est consumé pendant des heures…

Vollard comprenait qu'il ne s'agissait même pas d'un véritable, d'un splendide incendie. Dans ses mauvais rêves de l'aube, il avait vu parfois *Le Verbe Être* en flammes : un grand brasier de livres, étincelant et pétaradant, horreur et merveille. Mais la catastrophe survenue ce jour-là était plus insidieuse et plus moche : une combustion lente et comme étouffée, produisant cette brume de cendre noire qui, durant tout l'après-midi, avait dû se répandre dans le magasin, tomber sur les livres, salissant tout, imprégnant tout, se glissant même entre les ouvrages, entre les pages. Une bave de crapaud infecte digérant les mots et les phrases, chaque texte retournant au marécage d'encre des origines. Aucun livre de la librairie n'avait été épargné.

Dans leur précipitation à arroser l'arrière-boutique, les pompiers avaient renversé des présentoirs. Des cartons d'exemplaires anciens trempaient dans l'eau sale. La littérature ne s'était pas tordue dans l'incandescence cruelle d'un autodafé : elle s'enfonçait piteusement dans une boue obscure et synthétique, neige de deuil abolissant tout ce qui avait pu s'écrire, un suaire collectif, une crasse plastifiée qui recouvrait le corps mental de milliers d'écrivains.

« C'est comme ça ! » entendit Vollard. Il découvrait que Madame Pélagie était à ses côtés et qu'elle répétait mécaniquement ces mots entre ses dents. Des voisins lui avaient téléphoné. Elle était accourue. Elle avait assisté à tout : enfoncement des portes, noyade des livres. Grave, traits crispés, comme d'habitude, mais très calme.

— Vous savez, Étienne, c'est la totalité des bouquins qui est foutue. Tout est foutu, inutilisable : mes livres de comptes aussi sont foutus, et nos archives. Tout !

Et elle glanait encore, ici ou là, un livre vaguement épargné qu'elle essuyait vainement avec sa manche avant de le lancer autour d'elle, dans la souille où se dissolvaient les textes.

L'électricité était coupée, les projecteurs des pompiers découpaient l'ombre gigantesque de Vollard sur ce décor désespérant. Il avança jusqu'au fond de ce qui avait été sa caverne, sa coquille capitonnée de phrases, jusqu'à son fauteuil souillé mais intact et sa grande table bousculée. Certains portraits d'écrivains fixés sur le mur avaient été épargnés. Leurs traits encore distincts sous la couche carbonisée. Les regards, émanant de l'autre côté de malheurs lointains, comme des lumières mortes, parvenaient malgré tout jusque-là.

Madame Pélagie tournait en rond dans le noir. Entre elle et Vollard, il n'y avait jamais de manifestations particulières d'affection. Toujours une distance respectueuse. Vouvoiement. Laconisme. Professionnalisme. Ou les propos rituels : « Ah vous voilà Étienne ? » Ou bien « Je m'absente, Madame Pélagie… Je ne sais pas quand… » « Faites, faites, vous savez bien que je m'occupe de tout. » Et à voix basse, entre les dents, mais suffisamment fort pour être entendue de Vollard : « … Comme toujours ! »

Mais ce dimanche soir de l'incendie qui n'en était pas un, tandis que le jour n'en finissait pas de tomber, que les badauds se dispersaient, déçus du spectacle, que les pompiers repartaient dans l'énorme camion rouge, un hurlement de sirène en guise d'adieu, Vollard, de l'eau plein les chaussures, les vêtements imprégnés de la suie dégoûtante, posa la main sur l'épaule de la toute petite Madame Pélagie. Elle n'inclina pas la tête contre le bras de Vollard, qui ne l'attira pas contre lui, mais ils demeurèrent ainsi, côte à côte, elle, bras croisés, lui respirant bruyamment, face à l'étendue des dégâts. Pourtant, elle fit, sur les gros doigts du libraire, une furtive caresse.

Plus tard, Madame Pélagie, qui ne montait pour ainsi dire jamais à l'appartement, accompagna Vollard chez lui, et ils burent ensemble, sans rien dire, assis de chaque côté de la table de la cuisine, jusqu'au milieu de la nuit. D'un revers de main, Vollard avait balayé des livres qui lui semblaient tout à coup anormalement intacts, afin de poser les bouteilles et les verres. Ils avalèrent alors de longues gorgées de vin rouge, ne pouvant ignorer qu'ils se trouvaient exactement au-dessus de la librairie ravagée, tant l'odeur avait tout imprégné.

Au bout d'une longue plage de silence, Vollard déclara simplement :

— Je crois bien que la gosse va mourir.

Madame Pélagie n'avait en tête que des visions de livres flottant sur une eau couleur d'encre. Elle tenta de leur superposer le visage pâle d'une enfant muette et malade, d'une enfant mourante. Elle y parvint.

— Je vais descendre cadenasser les portes avec une chaîne, dit Vollard. L'eau va mettre longtemps à s'évacuer. Demain je ferai les démarches nécessaires. Mais dès que je le pourrai, je me mettrai à la recherche de la mère. Il le faut ! Vous vous souvenez de cette femme qui m'avait attendu debout dans la librairie ? Oui, debout à m'attendre, sans un regard pour les livres, c'est vous qui me l'avez dit…

— Je me souviens. Une fille bizarre.

— Rentrez vous reposer, à présent, Madame Pélagie. Cette fois, c'est moi qui m'occupe de tout.

— Cette fois-ci, je veux bien.

Vollard passa une journée horrible en compagnie d'assureurs qui estimaient les dégâts, d'experts effarés par la vétusté de l'installation électrique, de spécialistes du nettoyage aussi pour évacuer les déchets. Mais les déchets, c'étaient les livres dont les pages s'agglutinaient à présent en volumes mous et pâteux.

Gâchis pour gâchis, Vollard abrégea ces formalités. Il avait hâte de partir à la recherche de celle qu'il appelait tantôt « Madame Blanchot », tantôt « la mère de la gosse », celle dont le sous-directeur du centre avait dit : « Un vrai courant d'air, cette dame », et à propos de laquelle Madame Pélagie avait prophétisé : « Une bulle de savon, croyez-moi, Étienne, une transparence qui flotte un moment, et tout à coup, plop ! plus rien, vous verrez, Étienne, vous verrez… »

Une fois engagé sur l'autoroute, il roula une bonne centaine de kilomètres. Des bolides le dépassaient, qui semblaient le laisser sur place.

D'après les explications de Thérèse Blanchot, il s'agissait d'atteindre une zone de grandes surfaces, gigantesque flaque de béton couverte de hangars de marchandises, de magasins surmontés de panneaux colorés, de parkings, de stations-service, qui s'étalait aux abords de l'autre grande ville de la région. Pensant avoir trouvé, Vollard quitta l'autoroute et engagea sa camionnette entre des milliers de véhicules en stationnement.

Des mots énormes et fluorescents lui sautaient au visage, mots démesurément gonflés mais fragiles comme des muscles de culturistes, fabriqués de frais. Des mots occupant tout l'espace avec une violence souriante. La camionnette de Vollard avançait au pas dans un enchevêtrement de panneaux. Les voitures déjà serrées les unes contre les autres, et il en arrivait toujours davantage. On devinait des regards mauvais derrière les pare-brise de verre teinté, des mains d'étrangleurs serrant un volant ou un levier de vitesse. Les pare-chocs comme des mâchoires de requins. Mais il y avait surtout, aux abords de ces hypermarchés, un grouillement de fantômes fatigués, qui poussaient des chariots bourrés de marchandises, ou qui erraient, sous l'œil des caméras, des vigiles et de leurs chiens entre les images d'un bonheur effrayant.

Vollard, qui était parvenu à se débarrasser de son véhicule, errait à présent dans le centre commercial. Il assistait à ce rituel d'accaparement, ces mains qui tripotaient les produits, s'acharnaient à prendre, à prendre encore davantage, avant de glisser des cartes bancaires dans des fentes.

Cependant, tout en dévisageant chaque jeune femme vêtue d'une blouse de couleur vive, Vollard ne pouvait s'empêcher de lire les slogans lumineux, d'écouter attentivement les recommandations des haut-parleurs. Il lisait, malgré lui, les mots démesurés qui éclataient sur les pancartes ou tombaient des plafonds.

Il découvrait tant d'inscriptions déconcertantes qu'il en oubliait qu'il était là pour retrouver Madame Blanchot. Il la cherchait bien sûr, mais se laissait retarder par cette lecture simpliste et sauvage ; alors qu'il était arrivé avec l'esprit brouillé et le cœur lourd, Vollard se laissait emporter par cette insoupçonnable, mais très soutenable légèreté. Il y avait même une jubilation à laisser toutes ces formules publicitaires lui en mettre plein la vue, plein la tête. Plus il avançait parmi les acheteurs, plus il sentait une paix étrange l'envahir. Comme s'il était passé de l'autre côté du mur de la déception pure, du mur du souci. Il trouvait l'apaisement, un apaisement illimité, multicolore.

Certes, il cherchait Thérèse Blanchot, mais il avait brusquement l'impression de flotter, de nager agréablement dans quelque chose comme le rien. Le rien paradoxal, le rien enfin visible, enfin matérialisé ! Perfection du rien ! Rien pur. Rien facile. Rien sans histoires, sans complications. Des apparences n'exigeant rien d'autre que d'être traversées.

Lorsqu'un chariot plein de produits et poussé par un acheteur somnambule lui heurtait les chevilles ou la cuisse, il n'éprouvait aucune colère et esquissait au contraire un geste signifiant que tout allait bien, que ça n'avait aucune importance et qu'il regrettait d'avoir un peu gêné la fluide circulation des choses et des gens.

En même temps, il savait clairement qu'il importait d'être méthodique et de trouver cette Blanchot le plus vite possible. Il allait lui parler d'Éva, petite fille dans la forêt du silence, qui s'étiolait, qui se mourait, là-bas, là-haut, dans la Chartreuse.

Une voix impérieuse lui murmurait : « Il faut trouver la mère de la gosse », mais cette voix raisonnable n'entamait pas le plaisir qu'il prenait à déambuler entre les mots et les choses. Cette voix avait la même inefficacité que celle qui avait longtemps susurré à l'oreille de Thérèse Blanchot : « Cette fois, tu dois être à l'heure à la sortie de l'école ! » ou bien : « Éva est ta fille, et tu dois te comporter comme une vraie maman ! »

Vollard devenait transparent à son tour, déchiffrant allègrement tout ce qui lui tombait sous les yeux, flottant sur l'absence d'importance de tout, de presque tout.

Il se ressaisit. Comment l'identifier ? Il s'appliquait à diviser les femmes des grandes surfaces en deux catégories : celles qui étiquetaient ou rangeaient des produits, et celles qui s'emparaient des produits. Mais Thérèse ? Le jour où elle était passée à la librairie, il n'avait pas vraiment prêté attention. Caissière ? Vendeuse ? Coiffeuse ? Serveuse ? Mais quelle importance ?

Une douceur infinie s'était emparée de Vollard. Un sentiment très reposant de banalité. Sa quête avait tout le temps et tout l'espace autour d'elle. Il cherchait avec une relative application, au gré de sa progression dans les galeries marchandes, mais c'est avec une joie troublante qu'il avalait cette bouillie tiède faite de musique gluante et de mots douceâtres. Le vieux libraire comme un taureau ébloui faisant à petits pas le tour de l'arène.

Derrière les vitres des salons de coiffure illuminés, il y avait des filles avec de petits visages las. Dans les bars béants et bruyants des jeunes femmes manipulaient des verres, de l'argent, des cigarettes. Assises derrière les caisses cliquetantes, d'autres femmes, affublées de blouses de couleurs vives, faisaient défiler des produits sur leur tapis magique, des produits couverts de belles inscriptions à déchiffrer.

Aucune de ces femmes n'était Thérèse Blanchot, mais toutes lui ressemblaient un peu. La même partout !

Vollard dérivait donc, en s'emplissant de phrases délicieusement vides de sens, apaisantes. Il n'était plus nulle part. Il était comblé. Son regard tournoyait comme un oiseau ivre quand il crut soudain déchiffrer le mot « Librairie », en lettres roses sur un fond bleu. Entre une rangée de téléviseurs diffusant des images de reptiles en gros plan et une accumulation de bijoux fantaisie, on avait entassé des produits dont l'aspect évoquait indéniablement l'apparence des livres. Vollard en fut troublé. Il aurait pu se précipiter, saisir n'importe quel ouvrage. Il n'en fit rien. L'envie lui manquait. Ces livres lui paraissaient aussi lointains que les reptiles verdâtres rampant sur les écrans.

Il ne songeait qu'à poursuivre son errance, cette agréable flottaison à la surface de rien. Seul et bien, au paradis des mots qui éclatent instantanément comme des bulles.

C'est à ce moment que Thérèse se précipita sur lui, essoufflée, la main sur la poitrine.

— Monsieur Vollard, je vous ai vu passer tout à l'heure. J'ai couru derrière vous. On m'a bousculée. Je vous ai perdu de vue. Il y a tant de monde. C'est moi que vous cherchiez, n'est-ce pas ?

Vollard ne savait que répondre. Il grimaça un sourire, mais il ne comprenait plus le sens de cette rencontre. Ce hasard avait quelque chose de très pénible, car il l'arrachait à la dérive heureuse, à la bruyante hébétude qui avait magiquement vidé sa tête et chassé les vieilles phrases.

Thérèse parlait, parlait trop : le soulagement avait été de courte durée.

— J'ai fini mon travail pour ce soir. Je travaille au *Nuptialand* : huit cents mètres carrés de robes de mariée, d'articles pour les mariages, vous vous rendez compte ?

Vollard se rendait compte, se répétant mentalement le mot « Nuptialand » avec délice.

— Je sais que vous allez me parler d'Éva. J'ai téléphoné, il y a quelques jours : elle ne va pas très bien. Chaque jour, je me dis que je vais laisser tomber ce travail, rouler à toute vitesse jusqu'à elle, la voir, faire quelque chose, n'importe quoi. Et puis j'attends le lendemain.

La vendeuse et le libraire marchaient à présent côte à côte dans la nuit remuante. Thérèse avait pris le bras de Vollard, absorbé dans la contemplation de belles lettres rouge sang découpées sur un ciel qui ne parvenait pas à s'assombrir.

— J'ai pris des nouvelles plus souvent que vous croyez. Et vous vous souvenez, quand elle était à l'hôpital, j'ai fait ce que j'ai pu. Lui parler ? Mais que vouliez-vous que je lui dise ? Je ne suis pas comme vous : j'ai du mal avec les mots, les phrases… Même si j'aime ça, au fond. D'ailleurs je note des choses qui me plaisent, sur un cahier… Je n'ai rien d'heureux à dire moi. J'ai trop bougé. J'ai écrit ça, tiens : « Toute ma vie est bougée comme une photo floue. » Oui, Monsieur Vollard, pas même moche ma vie, mais floue, complètement floue. Trop d'endroits, trop de gens, trop d'hommes. Tous pareils !

Thérèse se suspendait presque, à deux mains au bras de Vollard, qui l'écoutait à peine.

— Je sais, Éva aurait pu être ma chance, faire mon bonheur. On dit ça : avoir un enfant, pour certaines femmes, ça change tout. Moi, j'ai eu du mal à être une maman. C'est faux de croire qu'on peut être mère toute seule, vous savez. On reste une fille. Une fille qui a une fille. Et puis il y a toujours cette brume autour de moi, dans ma tête. Et cette envie permanente d'aller ailleurs, de chercher autre chose, de…

— … de vous sauver ?

La fragile jeune femme et le grand bonhomme étaient arrivés au pied de la passerelle de fer enjambant l'autoroute. Ils la gravirent, s'arrêtèrent au milieu du pont sous lequel filaient les bolides. Des camions énormes chargés de marchandises destinées aux grandes surfaces se suivaient dans un bruit de tonnerre, ce qui obligeait Thérèse à crier plus fort.

Vollard s'était adossé à la rambarde rouillée et la jeune femme, spontanément, se plaquait contre lui, s'agrippant au revers de sa veste, comme désireuse d'entreprendre l'escalade du mont Vollard.

— Je voudrais vous dire que c'est important pour moi que vous soyez venu aujourd'hui. C'est un signe !

— Oh ! Vous savez, des signes, rétorqua Vollard, il en tombe des milliards à chaque seconde. Une neige de signes. Blancs ou noirs.

— Mais vous êtes venu, et je sais que vous n'êtes pas comme tout le monde, je veux dire comme les autres hommes.

— Vous tenez ce genre de propos chaque fois que vous êtes en présence d'un homme ?

— Mais non, vous êtes différent… Fort. Lointain et tout proche. Je ne sais pas… Et puis je pense à tout ce que vous avez fait pour Éva.

— L'écraser, par exemple ? Lui briser le crâne ? La rendre muette à vie ?

Levant désespérément son visage vers Vollard, Thérèse hurla alors :

— Je vous en prie. Ne me laissez pas dans cette solitude. Ne me laissez pas.

Elle enfouissait son visage dans la poitrine de l'homme immense et lourd comme un rocher, fourrait son museau sous son bras, mais elle ne pleurait pas parce qu'elle ne savait plus pleurer.

— Calmez-vous ! Vous tremblez, lui dit simplement Vollard en la saisissant avec douceur. Puis il regarda autour d'eux : Il fait doux, pourtant. Voyez plutôt comme tout est calme : ces routes qui partent dans toutes les directions, ces magasins, ces parkings, ces inscriptions. Tout semble en même temps inachevé et fini. Enfin fini ! Inachevé pour toujours ! Regardez : il neige ! Il neige des signes qui ne veulent rien dire.

Thérèse se pelotonnait de plus belle et, en dépit de la douceur de l'air, elle frissonna puis se mit à trembler. Sans dire un mot, Vollard quitta sa veste, cette veste dans laquelle il avait déjà enveloppé Éva, et la posa sur les épaules de la jeune femme.

Il ne songeait qu'à l'emmailloter, comme un être fragile, mais, contre toute attente, il dut admettre que ce n'était pas une enfant perdue qu'il serrait contre lui, mais une femme dont le contact, la tiédeur, le parfum le troublaient violemment.

Il y avait si longtemps qu'une telle électricité sensuelle n'avait pas couru, à cette vitesse, de son épiderme à son ventre.

La chair d'une femme contre sa poitrine, des cheveux de femme sous sa bouche, des doigts de femme accrochés à sa chemise ! Après cette promenade tellement apaisante dans le rien, c'était comme un coup bas délicieux, porté par un poing ganté de soie, un brusque désir, revenu de quel autrefois ? d'arracher l'étoffe, d'effleurer des seins pâles, de tenir dans ses mains une vie minuscule, d'étreindre avec précaution un corps avide d'être étreint, d'enfiler la marionnette magique, de lui donner vie et plaisir, jusqu'au dernier sursaut, la dernière goutte d'humanité versée dans l'impossible de tout partage.

Avec facilité il arracha du sol Thérèse Blanchot dont la bouche broutait la barbe de Vollard, dont les dents cherchaient les lèvres de Vollard, dont les jambes ne parvenaient pas à enserrer la taille de Vollard, dont les bras entouraient le cou de Vollard.

Imprévisible et absurde, il y eut ce court instant de confusion, de fusion, entre deux êtres qui n'auraient jamais dû se rencontrer. Un long vol plané immobile au-dessus de la zone des grandes surfaces qui, autour d'eux, s'enfonçaient dans l'ombre.

Sans que l'étreinte se défasse, Vollard avança lentement sur la passerelle. Il était à la fois la guenon marchant dans une jungle grise avec son petit cramponné sous son ventre et le mâle s'accouplant à la femelle fragile d'une autre espèce. Il marchait.

Lourdement, mordant, léchant ou caressant de petits bouts de chair, le libraire sans librairie, le lecteur sans livres, progressait dans une nuit indécise. De l'autre côté de la passerelle s'étendait un terrain vague.

Parvenu au point le plus obscur, l'androgyne bizarre et fébrile s'effondra doucement sur lui-même, s'affaissa et roula dans un pli du sol, fossé sans profondeur, trou d'herbe noire et de débris innommables.

Plus tard, ils s'arrachèrent l'un à l'autre, se redressèrent sans paroles ni colère et marchèrent dans des directions différentes.

À chacun son désert. À chacun sa neige intime.

Dès le lendemain, Thérèse se rendit au centre où Éva s'éteignait, s'abolissait avec une simplicité enfantine. Jusqu'à la fin, jusqu'à l'indiscernable dernier souffle, la mère demeura près de la fille, lui parlant un peu, trouvant les mots, parfois.

Éva morte, Thérèse se sauva, bien vite et bien loin. Elle ne revit jamais Vollard. Elle ne sut sans doute jamais de quelle façon, pour lui, la mort était venue.

Après avoir retrouvé, puis abandonné Thérèse sur l'esplanade nocturne et déserte, le libraire Vollard était retourné une dernière fois au centre. C'était l'automne. Il avait fait quelques pas dans le parc puis, quelqu'un lui ayant assuré que Madame Blanchot était au chevet de la petite fille, il avait rebroussé chemin.

Il s'efforça de ne plus penser à la fillette, sa maigreur, ce visage blême, ces lèvres muettes. Il y avait eu ce passage rapide d'une enfant parmi les choses, le passage plus rapide encore de cette enfant dans sa vie.

À nouveau, des phrases se bredouillaient au fond de son crâne, mais il n'y prêtait plus guère attention. Langue étrangère. Non-sens.

Le *Verbe Être* fut mis en vente, bientôt remplacé par un salon de coiffure. Désormais, à l'emplacement de la forêt des livres, on vit tomber des paquets de cheveux sur un carrelage éblouissant, sous le claquement de la petite faux des coiffeuses.

L'ancien libraire avait gardé son vieil appartement, mais il partait presque chaque jour rouler sur les routes parfois vertigineuses de la Chartreuse. Il marchait des heures durant sur les sentiers. Il conduisait sa camionnette, complètement au hasard. C'est ainsi qu'un soir, sans avoir rien prémédité, il se trouva près de ce pont squelettique surplombant un précipice, d'où il avait absurdement sauté à l'élastique.

Sa tête, ses membres, ses organes gardaient le souvenir du vertige, puis d'un mélange d'ivresse et de malaise. Le tremblement et la chute. Fausse sortie du labyrinthe.

En ce soir d'automne, après une journée magnifique, bleue, argentée, jaune et rousse, il n'y avait personne sur le pont. Moteur coupé, Vollard attendit un moment, puis descendit. Le bruit de la portière qui claque se répercuta sinistrement entre les parois rocheuses. Le gouffre était déjà plongé dans l'ombre, mais très haut des oiseaux immenses tournoyaient dans le ciel encore doré. Vollard marchait silencieusement, écoutant le mugissement du torrent se ruant avec violence entre des blocs luisants et noirs. Penché au-dessus du vide, il ne voyait pas des roches, mais le dos de grosses bêtes ironiques enfonçant leur tête dans la vase et l'écume. Autour de lui, le vent sifflait. Désolation de ce coin du monde. Vide et vanité de ce repli de Chartreuse, en l'absence des beaux jeunes gens musclés, bronzés qui jouaient à se jeter dans l'abîme, mais réussissaient à vivre avec une apparente facilité.

Vollard fit encore quelques pas jusqu'au milieu du pont. L'ombre dévorait tout, de plus en plus vite. Aucun véhicule n'approchait. Personne ne passerait plus sur cette petite route perdue avant le lendemain matin.

Après être resté un moment accoudé au parapet, dans ce silence de la montagne qui condamne à la même solitude que le vacarme des autoroutes, Vollard crut entendre distinctement une phrase qui, comme une chienne, revenait lui tourner autour : « *... la privation de contacts, je le savais, était finalement ma catastrophe, tout comme autrefois elle avait été finalement nécessité et bonheur...* »

Puis une autre phrase se fit insistante, puis d'autres, encore timides, spectrales, mais Vollard comprit que cette masse murmurante et rampante allait se répandre d'un moment à l'autre et troubler sa tranquillité nouvelle. Alors, avec une étonnante souplesse, il passa une jambe puis l'autre par-dessus le parapet et s'assit au bord du vide. Tout en bas, de moins en moins distinctes, les bêtes noires remuaient leur dos, haussaient leurs épaules difformes dans la mousse argentée du torrent. Et les sales bêtes devenaient de mystérieux volumes, bien fermés sur eux-mêmes.

Le libraire Vollard, sans cesser de regarder au-dessous de lui, se mit debout sur le parapet comme ce fameux jour où on l'avait harnaché, encordé, arrimé avec un énorme élastique, ce jour où il n'était tombé que pour mieux remonter, tomber à nouveau et rebondir encore.

La tête lui tournait un peu. Il entendait toujours le bruit étouffé des vieilles phrases, mais il ne savait plus si elles remuaient dans sa poitrine, se déroulaient derrière sa tête ou si elles montaient du torrent comme une vapeur délétère.

« Ses deux jambes pendaient au-dehors... suffirait de lâcher ce à quoi il se cramponnait et il serait sauvé... avant de

lâcher prise... regarda en bas... au moment où l'air glacial s'engouffra impétueusement dans sa bouche, il comprit quelle éternité s'ouvrait devant lui, accueillante, inexorable. »

La chienne de phrase essayait de se faire câline, et s'adaptait du mieux qu'elle pouvait à la situation.

Un rapace poussa un long cri d'enfant qui naît, d'enfant qui meurt. Vollard fit un pas en avant.

Son dernier pas dans le gouffre bruissant de tout ce qui s'est écrit, de ce qui s'est donné à lire.

Son premier pas dans l'oubli des livres.

Remerciements

Grâces soient rendues aux écrivains dont les œuvres, par fragments ou chapitres entiers, habitèrent la mémoire d'Étienne Vollard : André Breton, saint Jean, Goethe, Nietzsche, Pier Paolo Pasolini, Victor Hugo, Malcolm Lowry, Georges Bataille, Samuel Beckett, Henri Michaux, Fernando Pessoa, Jorge Luis Borges, Pierre Loti, Nathalie Sarraute, Adalbert von Chamisso, Jean de La Fontaine, Thomas Bernhard, Vladimir Nabokov.

Cet ouvrage a été achevé d'imprimer
sur Roto-Page
par l'Imprimerie Floch
à Mayenne
pour le compte de France Loisirs, Paris
en novembre 2003

Dépôt légal : octobre 2003
N° d'édition : 39650. N° d'impression : 58584
(Imprimé en France)